推理什麼的 不重要啦 你要吃章魚燒嗎

作者 夜透紫
插畫 ALOKI

目錄

推理什麼的
不重要啦
你要吃章魚燒嗎

第一章

偵探的告白信

偵探必須時刻保持冷靜、理性，偵探就是以邏輯和智慧與邪惡戰鬥的人。無論面對的是多可怕離奇的案件，或是變態瘋狂的犯人，偵探都不能害怕退縮，必須正視和守護真相。

這是我從小聽到大的家訓。

我的高祖父就是人稱「法國福爾摩斯」的騎士奧古斯都·杜比，我祖上五代都是名偵探。準確點說，奧古斯都·杜比的眾多後代已經建立起國際化的杜比偵探王國，業務遍布世界各地。比起只有他本人出名的福爾摩斯，我們杜比家族在外行人眼中也許沒那麼有名，但在業界的影響力卻是首屈一指的。

我就是杜比家族將事業擴展到遙遠東方的結果。

當別人看到我的模樣和聽到我的名字叫杜振邦，誰也不會懷疑我是個土生土長的本地人，更不會想到我有稀釋的法國貴族血統。不過，我家族的結婚對象通常都是業內人士，「偵探血統」倒是應該挺濃厚的，如果有這種東西的話。

理所當然地，我將會接續父母的事業，成為一名偵探。但是在我成年之前的現在，我只想當一個平凡的高中生，享受學生應該有的青春。畢竟，看著我爸媽一天到晚不是往返屍體離奇消失的祕道大屋，就是追逐偏執狂鏈鋸連環殺手，總之就是忙個沒完沒了。所以，在我將要與無數狡猾的犯罪分子浴血而戰之前，我必須盡量把握機會抓緊現在清純可愛、笑容燦爛的青春。

沒錯，我的青春已經有了非常具體的模樣：清純可愛，笑容燦爛，個子小小的，及肩的古典短髮髮尾往內微捲，頭上總是別著一個金色小小的公主皇冠髮夾，就算只是穿著我們學校樸素的西式制服，也像是個可愛的小公主。

她的名字叫馬歌真，是我的同班同學。

當我聽到她那毫不矯揉造作、開朗自然、銀鈴般的笑聲，我就知道，我的初戀已經來臨了。

這是個好兆頭。因為我的叔叔阿姨表哥表姊，談戀愛的對象多半都是業界相關人士——包括但不限於偵探、警察，有時也會悲慘地扯上特務、探險家、間諜、臥底、犯人甚至是被害者，戀情通常都會與案件同樣曲折離奇，要順利結婚組成家庭不容易。

所以我從小就已經決定要尋找與偵探和凶案無關的圈外人作為對象，談一場小清新的戀愛。

馬歌真對我來說，簡直就是完美的對象。

我承認，一開始我是被她的外表吸引，而且我很驚訝為何其他男生沒有一同拜倒在她的石榴裙下——也許是因為這裡的文化始終還是偏好巨乳……哼，真是俗不可耐。像這樣可愛、甜美、清純、脫俗的少女，難道就沒人懂得用欣賞藝術品的心去讚嘆大自然的創造嗎？難道就沒人發覺每當她坐在長椅上品嘗章魚燒一邊咀嚼一邊露出幸福微笑時，連太陽的光芒都要失色嗎？

當她用細長竹籤刺進外脆內軟熱呼呼的焦糖色小球，沾著白色的美乃滋和跳躍的柴魚片，送往那片櫻桃小嘴，並與柔軟的唇接觸，我就恨不得自己是那顆章魚燒……咳，的製作者。能夠為她帶來這種幸福笑容的料理師傅實在太令人羨慕了。

馬歌真非常喜歡吃章魚燒。我幾乎沒看過她單獨進食章魚燒以外的東西，所有食物都會淪為她品嘗章魚燒的配菜。她早已吃遍了市內所有的章魚燒專門店，甚至連兼售章魚燒的店鋪也沒有錯過。這一點，只要非常簡單地觀察和調查，看看學校垃圾桶裡章魚燒的包裝盒就能知道。我已經大致掌握她偏好的店鋪。

當同齡的女生都忙著追逐世俗的普通嗜好，就只有她專心一意地培養出美食家一樣的品味，這是多麼獨特又可愛的興趣，真不愧是令我傾心的對象。不過，這也造成了我調查工作上的困難。

我沒辦法得知她喜歡什麼類型的男生。

一般而言女生在這個年紀都會很熱衷於聊戀愛的話題，何況我們班上也已經有情侶了。或者至少可以從喜歡的演員、歌手、動漫人物什麼的，多少洩露出蛛絲馬跡，推測什麼類型的人會吸引她。可是，她並沒有表露過任何偏好，平常她就對所有同學不管男女都一視同仁，或者說，似乎在這世上只有章魚燒可以吸引她的注意。

初認識她的時候，我曾經以為她是一個面面俱到沒個性的女孩，因為她似乎跟誰都相處得來，沒聽過誰說她的壞話。但我很快就發現我錯了，經過這一年的觀察和相處，我確定她絲毫沒有要討好別人的意思。

馬歌真根本不在意別人怎麼看她。她有一種如同小孩子一般的天真率性，總是很坦率地表達自己的好惡，會被笑話逗得捧腹大笑，會不顧儀態在校內奔跑，卻還是有種像小鳥般自然的優美感。總之，雖然偶爾有點脫線和莫名其妙，卻只會令人覺得可愛不會厭煩。

「早安啊，妳又來餵兔子啦？」

「早安，王伯！」

真可惜今天早上接收她這道精神十足早安的人不是我，是正在掃地的年邁校工。因為她看不到我，我正躲在牆角後面。

必須澄清一下，監視是偵探的基本技能，我只是在鍛鍊自己，絕對不是為了偷窺她逗弄小動物時露出的溫柔微笑。

她總是比別人更早出現在學校，前往校舍後方的小園地餵小兔子。果然今天也不例外。我只是來確定這點而已。

馬歌真一口氣把剩下的空心菜都放進兔子的籠裡，拍拍裙子站起來轉身，然後，擺出了「真面騎士」的招牌變身姿勢，大喊：

「故事的 Ending 由我來決定！」

「烈火拔刃！哈——唉唷唷。」

老校工也揮著掃帚配合地擺出動作，卻隨即撫著腰皺眉。

「王伯，你不舒服嗎？」

「唉呀，昨晚下過雨，我風溼痛就發作……唉，沒辦法，年紀大就是這樣。耳朵不靈，眼睛不清，不是腰痛就是腿痛，唉。」

「要一個人打掃這麼一大片地方辛苦你了呢。」

我也注意到今天早上地上的落葉特別多，昨晚被雨打落了不少吧，而且還積了一點雨水，掃起來一定格外吃力。何況天氣還這麼熱。

「我看街上的清潔工人現在都會用那種『呼～～』地吹起來的東西呢，用那個會比較好嗎？」歌真一邊說還一邊用手腳比劃著模仿那個東西的聲音和形狀。

「哦哦，我知道。就是掛在身上、有根像大砲一樣的管子會噴出風的機器吧。如果有的話那當然省力方便很多啊。」王伯嘆氣：「不過那種東西不便宜，而且耗電，我們校長不會買的啦。」

這倒也是。雅涵學院明明算得上是貴族學校，但現任校長卻很斤斤計較又愛面子。

「那倒也是呢。不過現在那種『呼呼呼～～』很普及了，沒有的話好像顯得有點落伍？校長那麼愛面子，怕被人說學校落伍。所以我想校長應該會答應？」

「哈哈，我也希望真的會有。唉呀呀，腰……」

那不叫「呼呼呼」，那個東西叫做吹葉機。身為準偵探的我總是力求用詞精準。不過算了，看著歌真主動走上前去幫忙王伯打掃，拿著掃帚像可愛女僕般的姿態，就算她要叫那種東西做呼嚕呼嚕機我也覺得可以。

儘管視線不捨得移開，我還是得狠下心轉身朝教室跑去。我得趕緊趁她和其他同學還沒進入教室之前，把手上的「這個」偷偷放到她的桌子抽屜裡。

時間還早，教室裡果然沒有其他人。我再一次看了一下手上的東西——粉紅色的小信封上正面寫著馬歌真的名字，背面封口處有紅色的火漆印章，裡面則是我苦思良久後終於鼓起勇氣寫下的告白。

放下信的瞬間，我突然想起了那些老是喜歡送來預告信的怪盜們，忽然覺得自己好像也可以理解他們會沉迷於此道的心情。

這種充滿期待又忐忑不安的心情，光是想像她收到之後會有什麼反應，就已經夠讓人興奮了。

我把信封放入歌真的書桌抽屜，然後離開位於三樓的教室。

走樓梯下來的時候剛好遇到一位裝修工人走上去，他肩上扛著一架木梯和拿著一個工具箱。除他之外我都沒遇見其他人。我看了一下手機，七點二十五分，現在還太早沒什麼學生，要是被歌真撞見就太可疑了。

於是我找了個歌真絕對不會到的地方——男洗手間——待著。這地方令人不太愉快，不過一大早還沒有人使用過，尚可接受。

大約二十分鐘後，外面開始有學生的聲音，學生陸續到校。我離開男廁，裝作是剛到學校，跟認識的同學打招呼，走上三樓。

當我進入教室的時候，正好看到歌真走向自己的座位。才剛冷靜下來的心臟，又再急速跳動。不過，我還是裝作若無其事似地走回自己的座位。

哼哼哼，準備迎接我的驚喜吧。

「早安，杏子！早安，美慧！」

她一邊跟同學打招呼一邊坐下，打開書包取出一些書本和文具，放進抽屜……

就是現在！

……她沒發現。

難道我放得太裡面了嗎？確實那麼薄薄的一片，不一定會發現到。也許我應該光明正大地放在桌上，但我就是怕放在桌上會被先到教室的人拿走才不得不放進抽屜的。

唉，現在我總算明白為何怪盜的預告信通常都要用箭啊飛鏢啊苦無什麼的釘進牆壁。

到底她什麼時候才會發現呢？真令人心癢難耐。

「歌真，妳的英語筆記可以借我一下嗎？」

「好哦。」

她再次將手伸進抽屜，這次她終於摸到了，眨了眨眼拿出小信封。

「咦咦咦咦咦！這莫非是！那個？」

在歌真身邊的杏子眼尖地看到，搶先叫了起來，立即引起其他人注意。

不妙，我本來以為她發現後會收起來私下看，沒想到馬上就被其他同學發現，用紅筆畫的心形果然還是太醒目了嗎……

「那個？」歌真拿著信封，有點好奇地前後翻看，但沒有特別激動。

「情書耶！」倒是杏子興奮得雙眼發亮。「粉紅色的信封，妳的名字後面還有個心形符號！這肯定是情書！」

「哇，還用火漆印章封了口，很用心哦！這個D字是什麼意思？」坐在歌真後面的美慧也立即靠近關切。

「是誰？是誰？歌真妳猜會是誰給妳呢？」

「那我打開看看……妳們不要偷看哦。」

歌真撕開了印章，取出裡面的卡片看了一眼就放回去。

「是誰？是誰？」

「真可惜，沒有署名耶。」

「不會吧？匿名告白？嗯嗯，那麼是同班同學的機率又更高了。」

杏子狐疑地環視班上的同學，我推了推眼鏡，假裝正在溫習課本。

「歌真，妳有沒有想到什麼可疑人選？不，不對，應該問，妳希望是誰給妳的？」

「嘻，美慧厲害，真不愧是有戀愛經驗的人。」

「歌真現在心裡應該已經出現了兩個名單吧？如果寫信的是A名單裡的人就會有開心的感覺，如果是B名單裡的人就會開始煩惱要怎麼拒絕。A名單裡到底有誰，小聲告訴我們嘛。」

女生們真可怕，一下子就問出了最讓人在意的問題。可惡，我只能偷看歌真現在的表情，要是一直盯著那邊會太明顯。

歌真認真地思考了一會兒。

「A名單……夢之船章魚燒專門店？如果是折扣券之類……」

「妳給我等一下。」杏子汗顏。

失策，怎麼我都沒想到可以連著章魚燒換購券一起放進去……呃，不對，那不就真的跟廣告信沒什麼兩樣。

「不過這信是誰給我的，我已經知道了哦。」

「咦！誰？」

我的內心也跟著女同學一起叫了起來。居然這麼快就發現到了？雖然我留下充分的線索，但除非她非常注意我，不然應該不會這麼快察覺到才對！

我還打算慢慢地每天給點線索，再慢慢引導她發現，最後才讓她知道原來一直以來默默傳遞著愛意的人就在身邊，然後在羅曼蒂克的環境下告白……

莫非她一直以來都在默默注意我？不是我單方面？嘖，看來我太小看自己的魅力了。

「丘凌同學，這是你給我的吧？」她望向教室的角落。

「咦咦——？」

我心臟漏跳了一拍，和其他同學一起驚訝地看過去。在那個彷彿永遠被教室燈光和窗外陽光忽略的陰暗角落裡，有個陰影倏地抖動了一下。

「呃，先等一下，歌真妳這樣會變公開處刑的！」美慧著急地拉了拉她衣袖，想阻止已經太遲了。

同學們立即交頭接耳地議論起來。而我相信大家剛才腦海中一定都有閃過「原來有人記得他的名字啊」的這個念頭。

因為大家對那個男生的印象就是……沒有印象。

那個男生非常安靜，也很自閉，而且非常害怕與人說話。我好像曾經試著向他打招呼，他嚇得沒回話就逃走。如果大家不把他當空氣，他就會想辦法躲到大家看不見的地方。社交恐懼成這樣，久而久之自然沒朋友，大家也慣性忽略他。

通常這樣的人會淪為欺凌的對象，他免於此難的原因有二。一是我們班沒有霸凌，如果有，我的正義感也不容許自己袖手旁觀。二是他的存在感薄弱到搞不好想霸凌也想不起有這個人。

真的，要不是歌真說出口，我差點忘記那個角落的座椅有人在用。分組作業他都去了哪組？體育課的時候他有出現嗎？我完全沒印象。

幽靈學生通常是指掛名但沒出席的人，但丘同學是出席了你也不確定他有沒有在的另一個境界。

所以就算歌真剛才說出的是女同學或老師的名字都沒那麼令人驚訝，因為大家都不記得他。

不，等一下，為什麼歌真誰都不猜偏偏會猜是他？該不會，他就是歌真A名單裡的第一位？不會吧？不可能吧？那個存在感比室內植物還弱的傢伙，居然比我更加吸引歌真的注意？

「信封是可愛的粉紅色，寫信的人是個喜歡用粉紅色文具的男生。丘同學的筆袋是粉紅色的。所以寫這封信的人一定是丘同學。」歌真好整以暇地說出她的見解。

等等，因為信封是粉紅色？這種理由？

「另外，這個『D』字的印章是什麼意思呢？嘿嘿，這其實就是他的名字！」

「可是丘凌這兩個字沒有一個的拼音是D開頭啊？」杏子問：「有誰記得他的英文名？」

沒人回答。

「不是英文名，是筆名哦。丘凌同學的筆名是丹寧（Denim），我偶然發現的。」歌真的語調相當輕鬆。

有人立即拿出手機去搜尋，說：「咦？真的能搜出來，在圓山平台連載的小說……《二次元古著服飾店》，作者丹寧，點閱數……13次。哈哈，這不是根本沒人看嘛！」

低下頭而被頭髮擋住眼睛的臉，沉得更低，肩膀再次顫動。這下子真的變公開處刑了。

糟了，我完全沒想到會有這樣的發展，不就變成因我而害到無辜的人了嗎？誰想到歌真會用這麼牽強的理由把最不可能的對象拉下水，這根本完全猜錯了。丘同學，趕快否認啊！

不，我這個期待才是最不切實際的，看他現在像木頭人般僵硬不動，嚴重社恐如他怎麼可能公開為自己辯白？

可惡，只能由我自首了嗎……

「其——」

「寫出心意是因為想要與人建立關係，但匿名寫就是因為害羞不擅長說話。丘同學就是害羞不擅長說話的人，所以這封信一定是他寫的，因為他想要試著與人建立關係——」

歌真話沒說完，幽靈同學就突然唰地站起來，然後在大家驚訝的目光中，走到歌真面前，僵硬地站直。

「沒錯……想不到全都被妳看穿了。」他認真地九十度彎腰。「馬歌真同學，我喜歡妳！妳可愛的笑容已經深印在我心上，請給我一個機會，跟我交往吧！」

教室一下子鴉雀無聲，因為從來沒有人聽他說過任何一句完整的話，更沒人想到他居然真的敢當眾表白。

而我肯定是當中最吃驚的。

為什麼？為什麼會變成這樣？沒理由沒理由沒理由——我在內心叫出的聲音大到在自己腦內迴響。

「謝謝你哦丘凌同學。」歌真也連忙站起來，笑容可掬地回答：「可是抱歉，不行呢。」她把手輕輕地按在胸口上。「因為我心裡已經有個人了。」

「咦咦咦咦咦咦——！」

這次我真的跟著其他同學一起叫了出聲。有、有個人？心裡有個人？這是什麼意思？

歌真已經有心上人？

「謝、謝謝謝謝回答！明、明白了！我不會再騷擾妳了！請妳忘記剛才的事吧！」幽靈同學彷彿現在才懂得緊張。「其實我早就知道不可能，只是、只是想……」

「想有一個向人說出心裡話的契機？」

幽靈同學猛點頭。

「我覺得丘同學剛才鼓起勇氣的樣子也很有魄力哦，下次一定會順利的，加油。」

那個傢伙一瞬間就臉紅了，然後……不是吧？居然哭了起來？

「謝、謝謝妳！我、我一直覺得自己很沒用，是垃圾，我很害怕說出自己的想法，連跟別人說話的勇氣都沒有，心想這輩子大概不可能有機會跟任何一個女生說完一句完整的話，可是我……我今天竟然做到了，這都是多虧馬同學妳的笑容給我動力，還給了我這個機會。我不會忘記今天的事！我會把這份感受好好放到我的文字裡……嗚嗚嗚嗚……」

就像打開了什麼壓抑太久的開關，從來不跟我們說話的丘同學一股腦兒地說著自己現在有多激動和多感謝歌真。

歌真噗嗤地笑了起來：「你才剛剛叫我要忘記這件事呢。」

「妳、妳可以忘了沒關係！但、但我絕對不會忘記的，這對我來說是很重要的第一次！謝謝妳！」

「加油！你可以的！」歌真用力點頭給他鼓勵。

可以什麼？為什麼寫信的是我卻變成這傢伙得到歌真的微笑和支持？

「奇怪了，為何我有種像看到初生小狗第一次自己站起來的感動呢？」愛哭的同學擦著淚。

「想不到那個傢伙還挺帶種的嘛，真的敢當眾告白。」

「對耶，還以為他是那種只敢寫匿名告白信，被猜中也不敢承認的膽小鬼。」

「如果我是女生，收到匿名的告白信也只會感到困擾啊，搞不好是變態跟縱狂之類。不敢光明正大寫下名字的人一定有問題。」

那個，大家竊竊私語在說的該不會是我吧……

「歌真好厲害耶！居然光靠推理就猜到是誰。」杏子一臉佩服。

「嘻嘻，看了那麼多偵探電視劇，自然就會一點推理啦。」歌真輕鬆地說。

看了偵探電視劇……就會推理？

「剛剛的推理很簡單嘛。」雖然她的笑容如此甜美……

我突然站起身，桌椅發出的聲音引起了她們注意。你在做什麼啊杜振邦，快點坐下來！

「抱歉，這位小姐，我不能承認妳剛才那種算是推理！」

完蛋。

我要被心上人討厭了。

我一方面想命令自己閉嘴，另一方面卻忍不住繼續說下去。

「丘同學的筆袋是動畫《第一次變魔法少女就上手》的周邊產品，我合理懷疑他只是因為喜歡那個女性角色才會使用，那個角色的象徵顏色是粉紅色，並不一定是他本人喜歡粉紅色。因為除此之外他選用的文具大都是藍色的。而且，情書選用粉紅色，很可能只是因為粉紅色是浪漫的象徵，所謂的約定俗成罷了，跟寄信人本身的顏色喜好未必有關。」

「但是，丘同學承認了是他啊。」歌真不解地把頭歪向一側。

「『D』字的印章也有可能有別的含義。D也可以是David、Death、Danger、

Dear之類的字頭，我們班上就有幾個人名字是D開頭。誰會馬上就猜到Denim那種冷門字？根本沒有足夠的理由！何況在這時候才突然冒出根本沒人知道的筆名，這用推理小說的邏輯來說就叫做不公平的推理！」

「但是，丘同學已經承認了是他啊。」她把頭再歪向另一側。

「再說這種雕刻精美的火漆印章，和這種正式的徽章設計，不是一般都會先從名門望族的線索開始著手嗎？」

「那、那個，那封信確實是我……」

「犯人先閉嘴現在還沒到你上場的份！」

我猛然拍桌，丘凌被我的氣勢嚇到，縮回教室角落去。可惡，他居然趁機搶先向歌真表白！而且，為什麼他會知道我在信裡寫了什麼？「我喜歡妳！妳可愛的笑容已經深印在我心上，請給我一個機會，跟我交往吧！」會那麼剛好到每一個字都一樣？

「總之，我不能承認這種瞎猜叫推理，而且這個答案也……不對勁！」

因為，那封信明明是我寫的啊！難不成，歌真和那個男的串通來戲弄我？

杏子皺眉：「什麼嘛，人家丘同學都光明正大地承認了，好可疑，你這麼緊張幹嘛。」

「這、這是邏輯的問題！身為偵……身為推理小說愛好者，必須以身作則以正視聽。剛剛那種推理不成立！」

我在內心咆哮推理可不是看幾部偵探電視劇和小說就會的東西！無奈我現在還不便公開自己的家庭背景。

歌真看著我眨了眨眼，微笑起來。

「杜同學的意思是懷疑我的推理嗎？那我們要不要來比賽？」

咦？

等一下，為什麼會變成這樣，我的初戀告白……

「哼，可以啊，就讓我用推理的角度給大家展露真相吧。」

哼？我「哼」了？我剛剛是不是做了堂哥每次破案時都會用拇指食指比出直角的正切函數手勢？糟糕，我那個只要一緊張和尷尬就會無意識地做出耍帥動作的老毛病又發作了！從小到大被身邊那堆名偵探親戚耳濡目染，害我壞習慣改不過來！

慘，歌真會不會以為我在瞧不起她？不是這樣的，我完全沒那個意思！

「好哦，那下次如果學校裡又有這種『謎題』，我們再推理看看吧。」幸好她看起來毫不在意，反倒很雀躍地說：「輸了的人要請吃章魚燒！可以嗎？」

「呵，當然沒問題。」杜振邦你呵什麼呵啦！我都想打自己嘴巴了。

「耶！那我們就拿『學校裡面發生的小謎題』猜猜看吧，嘻嘻嘻，這似乎會很有趣呢！而且，會有很多章魚燒！」

她看起來很開心、很愉快還充滿期待的樣子，應該是因為章魚燒。

而我已經不知道自己該哭還是笑、該生氣還是該慶幸了。我可不是想跟她做這種約定啊！

*

丘凌肯定只是順著歌真的錯誤推理，趁亂告白。但為何他會知道我在信裡寫了什麼？難不成他事先偷看了信？不，信封上有火漆印，在歌真打開之前，肯定沒有人打開過。

這當中一定有什麼問題。

我後來要求歌真給我看了一下信封，但她沒有把裡面的卡片給我看。畢竟那是

「別人給她的告白信」，我硬要她給我看也不合理。那明明應該是我寫的，但這樣就沒辦法確定卡片有沒有被掉包了。

至少，信封確實是我從高級文具店買來的粉紅色信封，歌真的名字也確實是我的筆跡，我親手寫的怎麼可能有錯。我也不信丘凌能模仿我的筆跡，所以只要提出檢查筆跡就能證明這不是丘凌寫的了。

而且，印章絕對不可能有錯，杜比的大寫「D」後面有星形圖案和其他裝飾，這是我們杜比家族的徽章。

可是，在未曾查出丘凌是怎麼變成歌真共犯之前，我暫時不會輕舉妄動。畢竟，只要一提出以上的論點，就等於跟著自爆真正寫信的人是我……有了前車之鑑，我得保證不會落得跟丘凌一樣被公開處刑的下場。我必須要找一個合適的時機跟她說明真相，我要確保我已經得知全部事實。

可以從哪裡下手呢？物證人證，早上那個時間有人證嗎……

隔天的中午，正當我在思考著這件事的時候，就看到兩個裝修工人在樓梯間繼續工程。兩人都各自站在梯子上方忙碌著，正為了誰要下去把放在不遠處的工具箱搬來而耍嘴皮子。

我看著其中一位工人覺得很眼熟，連忙跑過去代勞把工具箱拿給他們。

「謝囉，這位小哥。」工人感激地朝我笑笑。

成功博得對方好感，我連忙把握機會，問他昨天是不是曾經經過前面的樓梯。

「昨天？有啊，我要去三樓走廊緊急處理一處電線。時間？嗯……說起來因為要趕在上課之前弄好，我抵達三樓，擺好梯子開始工作之前，看了一下手機，剛好七點半。之後？沒有啊，一直到我修好離開都沒看到有人經過。」

我很幸運地得到了準確的時間，向他道謝。

也就是說從我離開教室，到工人抵達三樓，應該只有五分鐘不到。若說有人在那之間走進教室還發現了信封，那必須要非常剛好，或是根本是跟在我後面才行。假如我竟然會讓一個外行人跟蹤到那麼靠近還沒有察覺，也太丟我們杜比家的臉。

如果沒有人跟著我看到我放下信，又怎麼會有人想到那天早上，馬歌真的抽屜裡剛好會有一封告白信呢？那麼短的時間也不夠拉開每張椅子去檢查每張書桌。

我靠著走廊的欄杆，盯著正在操場跟其他男生說話的丘凌。話說回來，自從昨天以後，他就沒那麼怕生了。以前總是躲在大家視線範圍外，現在卻敢正面跟人說話。重點是雖然他告白失敗，但那個當眾告白的勇氣，讓不少男生暗自佩服，對他也另眼相看。

「想不到那個傢伙的同人小說，看著還有點意思。」甚至還有同學真的去看了他寫的東西。

可惡，果然事件的最大得益者總是最可疑。

這時候，我的手機響了起來。

『振邦，好久沒見。我是——』一道沉穩的男性聲音傳來。

「堂哥？」堂哥的嗓音很好聽所以我馬上認出來，只是我有點驚訝會接到堂哥的電話。

『你居然認得我的聲音。你現在還在雅涵學院念書嗎？』

「是啊，今年高中二年級。」我和堂哥已經很久沒見過面了，他年紀輕輕就在日本的大學工作，是位優秀的科學家。

『開門見山，有件事想拜托你，你可以幫忙調查一下某位跟你同校的女學生嗎？』

我皺了皺眉：「你的案件關係人剛好是我們學校的學生？」

『不是，跟我正在處理的案件無關，是跟我們杜比家有關。』

原本隨意倚著欄杆的我忍不住直起了腰，到底會是什麼事？

『你有聽過「奧古斯都．杜比的遺憾」嗎？』

「有是有，但不太清楚詳情。」

每個杜比家的孩子都一定會聽過這故事。我們偉大的祖先名偵探奧古斯都．杜比，畢生只有一個謎題至死都無法得到解答。

據說他曾經有一位同樣是偵探的未婚妻，兩人都非常深愛對方，可是在捲入某個案件後，那個女人就突然反悔取消婚約。案件的真相也隨著奧古斯都的戀情一起消失。

雖然我的高祖父後來克服了情傷，另娶賢妻，但這件事他一直到死都耿耿於懷。女人心果然就是最大的謎。

『你知不知道那位悔婚的女士是誰？』

「我記得好像是英國人？」

『珍妮．瑪寶小姐。她在拒絕了高祖父的婚事後，回到鄉下隱居，終身未婚，因此後來又被稱為老處女偵探。』

這稱呼在今天有夠政治不正確的。

『我最近查到，她在死前好像收養了一個女孩，而那個女孩的後人現在正在你就讀的學校念書。』

「這麼巧？」

『對，她的名字叫馬歌真。』

我猛然回頭，隔著走廊的玻璃窗看到正坐在教室裡吃章魚燒的那個女孩，一臉甜美幸福的笑容。學校福利社沒有章魚燒，但她通常都會帶至少三份章魚燒來學校。

「……堂哥你在戲弄我嗎？」

『何出此言？』

若說遠在日本的堂哥根據什麼樣的情報或推理知道我的暗戀對象，並不會令我太吃驚。但轉念一想，以堂哥過度認真的科學家性格，他應該不會拿這種事來開我的玩笑。

「沒什麼，只是我剛好認識那個女生……」

我含糊地回答。所以說這是真的？馬歌真是曾經拒絕了高祖父婚約的女偵探的後人？雖然不是有血緣關係的後人。

這不就是，那個，所謂的——

命中注定！

我彷彿聽到了教堂的鐘聲為我而響。

『你還好嗎？我好像聽到你興奮的鼻息。果然請這個年紀的男生去調查女同學的我欠缺考慮——』

「不不不，我只是單純因為有機會可以解開祖先的謎團而感到興奮。不過……都事隔百年了，那位女偵探不見得會把事情告訴她的養女，更何況是她養女的後人？調查她又有什麼作用？」

就算因為得到新的情報而興奮，我的理智還是正常運作著，可不能讓堂哥小看了。

『據說當時珍妮·瑪寶帶走了與那個謎案相關的重要物證，那個東西搞不好會流傳到她的養女和後人手上。』

「那是什麼東西？」凶器？書信？寶物？

『完全沒有頭緒。』堂哥嘆息。『總之珍妮·瑪寶的養女充滿神祕，只知道她繼承了瑪寶女士這個名字就消聲匿跡，我也是很偶然才發現她還有後人而且移居到東方來了。』

一想到我和馬歌真都是名偵探的後人就覺得很微妙。不過她的邏輯和推理能力實在……

「明白了，我會盡量調查一下她的家世的。」不問白不問，難得堂哥都打電話過來了，我怎麼不借用一下他的智慧呢？「對了堂哥，我的班上最近發生了這樣的事——」

於是我把告白信的事跟他說了，當然，我說寫信人是我朋友。

『信封裡的卡片是跟信封一樣大的嗎？信封厚嗎？』他問。

「那張卡片大概只有信封的三分之一大。信封是高級貨，不過紙質厚度大概跟普通A4紙差不多。」我買的時候沒有特別去注意信封的紙質和磅數，但摸起來跟普通A4紙差不多。

『要不損毀印章而看到卡片的方法有很多。如果紙質不厚，也許透著陽光或燈光就能隱約看到文字。不然，依據信封的款式，可以試試從信封左右兩側的黏合縫，用美工刀水平地切進去，小心一點慢慢切開黏貼處，就可以在信封側面把卡片拿出來了。之後再用膠水重貼就行。』

「不會把信封切破嗎？」

『所以說要看款式。有些信封的開口不是自帶封口的黏膠嗎？一個有趣的事實是，工廠用來製作信封的膠水黏性通常不會太強，有時甚至比封口用的黏膠還要弱。所以只要信封的紙質不是太差，小心一點，沒有工具只用手指也可以在另一端撕開。你自己實驗看看吧。』

真不愧是整天窩在實驗室的堂哥。

『比起信封的問題，我覺得怎麼會有人知道你在那個時候放下情書然後搶先偷看。而且除了馬歌真也沒有人知道她會猜是哪位男同學寄出。她和那個男生是共犯的可能性很高。』

「共犯的可能性我也……等等等等！我可沒說過是我寫的！」

『嗯，所以你寫信的對象果然就是馬歌真。剛剛聽你反應我就猜到八成了。』

我嘆氣，果然還是鬥不過杜川學副教授啊。

『調查對象剛好是你的初戀對象，這似乎不太好，我還是拜托別人——』

「沒問題的堂哥！請交給我！」是說他怎麼會連這是我的初戀也知道！怎麼推理出來的？

『感情會影響判斷力。』他冷冷地說。

「所以這也是我們偵探必須克服的考驗！在戀愛中也要能保持冷靜思考！」

『那你對馬歌真有多少了解？她是個怎樣的人？』

「她很可愛，很喜歡吃章魚燒，嗜好就是吃章魚燒和看電視劇。」我壓低聲音，免得被其他人聽到。

『還有？』

「她真的超可愛，特別是笑起來的時候，還有吃章魚燒太燙會嘟起嘴巴……」回想起她的臉我就忍不住嘴角上揚。

『我還是找別人調查吧。』

「等等等等！知、知道了，要科學、量化、可驗證的調查情報吧。咳，我之前只是不好意思太接近她，如果是為了家族的事務我會認真調查啦！」

電話另一端考慮了幾秒。

『好吧，反正也不是現在發生的凶案，只是祖先的考古謎題，對方也不是犯人。所以，你要適可而止別造成別人困擾。』

「當然，我會公私分明。」

掛掉電話後，我忍不住握拳歡呼。

這是什麼天賜良緣，這下我不就有正當理由深入調查了解馬歌真了嗎？

看來祖先錯失的緣分，注定要由我來完成了。

不過首先，馬歌真她知不知道自己是珍妮・瑪寶的後人呢？

*

馬歌真到底是個怎樣的女孩？

很遺憾我和馬歌真之間除了日常打招呼，就只有在班上大家聊天時有談過話，我還未曾爭取到兩人單獨聊天的機會。不過靠著我訓練有素的觀察能力，早已掌握了很多資料。

她身高一百五十八公分，體重五十五公斤，三圍……咳，這種外觀的基本資訊實在太簡單。

她喜歡吃章魚燒和愛看電視這兩點也是人盡皆知，不需要特別調查。

我第一次遇見歌真，就是在新學期第一天提早回到學校，碰巧遇到正在餵小兔子的她。當時她正一邊清潔兔舍，一邊哼著奇怪的歌曲轉圈圈。我當時第一個反應是忍不住噗嗤地笑了，結果她聽到我的聲音，轉身就發現了我。

那狀況實在有點尷尬，我舉起手正想要硬著頭皮打招呼，卻不知道她叫什麼名字。

「Say my name。」少女一臉得意地說。

「呃，抱歉我們是第一次見面？」

少女發出了哼哼哼哼的聲音：「你是忘記了，還是害怕說出來？」

就在我一臉問號以為她認錯人的時候，有位女生碰巧經過，少女也向她發出一樣的問題。

「最好海森堡是會做章魚燒。」對方吐槽，然後回頭對不明所以的我偷偷解釋：「不要在意，歌真她只是在演繹電視劇台詞。」

後來我才知道歌真是個超級電視迷，因為我對電視劇沒太大興趣，到底迷到什麼程度我主要是聽其他同學說。據說，不管是多麼古老和多麼沒人氣的電視劇她都能如數家珍，一般免費電視台上熱播的劇集不用說，連付費電視頻道和網路播放平台的她都沒有放過。實在令人懷疑她到底怎麼有那麼多時間看電視。

傳說曾經有人為了測試她到底是不是真的看那麼多，故意去搜尋了冰島的劇集介紹，而且還是冷門到未有國際頻道播放的。沒想到隨口提起角色，歌真居然真的接得住話題聊下去。

跟食物就獨愛章魚燒一味相反，她看劇集過於廣泛到我沒辦法分析她偏好的劇種或角色類型，因為她真的什麼都看。

而且她不只愛看，還會模仿。所謂只要你不尷尬，尷尬的就會是對方。她可是把這句貫徹到底。就算沒人看到她也會自己這樣玩，例如獨自去餵小兔子的時候，她並不是為了搞笑才做給別人看的。

通常沉迷成這樣的人，即使校規禁止，應該也會心癢難耐忍不住在學校找時間偷偷用手機追劇。但歌真從來不會。我從沒看過她在學校拿手機出來玩，相反，她看起來非常喜歡跟同學聊天。所以我很難聯想她在家裡沉迷看劇集的樣子。

一直以來都覺得她的思維和說話的邏輯有點微妙，可能就是看太多電視劇了吧，那也算是一種萌點啦。可是如果硬要把那種東西叫做推理……我體內的偵探之血實在無法接受。

不過，正如堂哥所說，業界一直以來都沒有聽說過姓瑪寶或自稱與那位女偵探有關的偵探，歌真的家庭大概早就跟偵探行業無關，外行人不懂推理也算正常。

總之，首先我要先確定她是不是真的與珍妮．瑪寶有關，她本人知不知道這件事呢？

話說回來，我又好像從來沒聽說過她家裡的狀況。跟同學稍微打聽一下，只知道她似乎是獨生女，沒有兄弟姊妹。至於住在哪裡，似乎連跟她最熟的杏子和美慧也不知道。

那就是說，要知道她的住址，只能跟蹤了。我禁不住興……咳，緊張起來。

下課後，歌真揮手告別同學，離開學校，穿過街道走向計程車站，就搭上了一輛計程車。

我連忙跟著招手上了另一台計程車。

「請跟著前面的車子。」

「前車的，是女孩子吧？你是想要做什麼啊？」相貌讓我聯想起蜥蜴的司機，從後照鏡射來可疑的目光。

「我受她家人所託，擔心她會去危險的地方，才跟著看看。」我瞎掰胡謅了一個理由。

「是嗎？」司機不怎麼相信的語氣，但總算還是踩下了油門。「所以你不是她哥哥或弟弟啊？男友？」

「總之我認識她的家人啦。」我隨口回答，一邊注視著前面那輛車的歌真，小心不讓她看到。

「可是替男生駕車偷偷跟蹤女孩子，感覺真～～的不太好啊，你該不會是想做什麼危險的事吧？」司機壓低聲音問。

「沒有啦我真的沒有不懷好意。」

我開始不耐煩，一般這種狀況計程車司機不是都只會默默跟上去？問這麼多問題幹嘛？

「你說你是受她家人拜託，是謊話吧？」司機從後照鏡看到我瞪大了眼，冷笑。

「可不要小看職業司機，你以為我一年載到多少個上車就叫『跟著前面車子』的人？如果你真的是受對方家人拜託，你應該會一直用手機跟對方家長報告，至少也會發個訊息。」

對，我竟然忽略了這麼簡單的事！

「所以你很大機率不是為了其他人，而是自己想要跟蹤人家。」

嗚，我居然被區區一個計程車司機給看穿，看來我果然還是道行不足。

「你也不能否定我沒用手機是因為我打算下車才報告啊。」我試圖辯解。

「也是啦，但你剛才的表情出賣了你。」

是不是搞錯了什麼？我才是負責推理的偵探啊！為什麼連路人都在用推理刷存在感？

「坦白說吧，你跟蹤人家一個女生幹嘛？看校服你們都是雅涵的學生，你會怕被對方看到是因為對方有可能認得你，但你又不敢直接問人家下課後去哪，嗯，莫非是單戀？」

豈有此理，你也不要小看專業的準偵探。

我從口袋拿出調查的王牌武器。

「給你兩百塊別問，給我跟上去。」

司機接過鈔票笑笑閉上嘴巴。可惡，幸好我此行是為了調查家族謎題，應該可以算入調查開支去。

計程車緊跟了兩個路口，但是在第三次經過十字路口時，前方的計程車過去了，我們的車子猛然剎車停下。我只能眼睜睜看著歌真坐的車子漸漸遠去。

「唉，不好意思，剛好紅燈我也沒辦法，跟丟啦。」司機聳聳肩。「這裡往前有個圓環，有三個出口，她可能往其中一個方向去了。」

「兩百塊還回來！」

「不如你多給我五百塊，我可以告訴你她去了哪裡。」

「你為什麼知道？」

我連忙在大腦裡回想這一帶的地圖，難道這個司機已經憑著什麼線索，猜出她的車子會往哪個方向？是用了刪去法嗎？我怎麼能在推理上輸給區區一個計程車司機！快想，杜振邦，快想想啊！

……線索不足，想不出來。即使我能準確記住這一帶的行車路線和地標，我還是沒辦法確定歌真會往哪一邊走。

司機朝我做出揉揉手指頭的動作示意，我最後還是妥協掏出錢包。

「她一定是往金牛山去了，那邊都是豪宅區，詳細地址我就不能說啦。總之你追的是富家小姐。」

「你到底是怎麼知道的？」這條路明明也有可能轉往白羊社區或寬帽街啊。

「因為前面那輛車子是我哥開的，我們兩兄弟經常都會載到那位姑娘。她每次都是直接從學校回家，沒有例外。」司機回過頭來，奸笑。

所以你一開始就知道她的家人沒必要找人跟蹤她下課的行蹤。

「那麼客人，要改送你回家嗎？這路程我給你打個八折好了。」

司機的笑容這時候顯得特別欠揍。

推理什麼的不重要啦
你要吃章魚燒嗎

第二章

謎之小熊餅乾暗殺未遂事件

跟蹤歌真的任務沒能圓滿完成，但至少確定了她住在金牛山。那裡遠離市區環境清幽，重點是地價非常貴，能夠在那裡置產的可不是普通的有錢人。本來還擔心要是歌真知道我是杜比家族的人會被嚇到，但看來，公開家族背景會被嚇到人的應該是我才對。

看來馬家可能是隱形富豪，沒聽說過本地名流富豪圈子裡有馬姓的家族。金牛山的房產不多，但是有錢人都很在意隱私，要一一確認不容易。等有空再想辦法好了。

現在我有更重要的事要證明。

隔天我拿著信封在學校閒晃，正想要尋找測試對象，就看見一顆光頭迎面而來。綽號「柿子李」的生物科老師，就是說這個禿頭大叔對學生太隨和了，怎麼欺負都不生氣。

他接過我遞給他的信封，好奇地前後翻看，才撕開火漆印章打開。

「這……是笑臉？」

禿頭大叔拿出了黃色信封內畫了笑臉的卡片，並不明白我的意思。

「老師沒覺得這封信有什麼問題嗎？」

「嗯哼，是這個笑臉嗎？有什麼特別意思呢？是新型的惡作劇？」

他笑笑再三檢查了卡片和信封，搔了搔光亮的頭頂，最後還是聳聳肩把信件遞回來給我。「到底有什麼特別？笑臉是什麼意思呢？」

不知道為什麼他愉快的表情好像有點期待。

「你覺得這封信像被人事先偷看過嗎？」

「應該沒有吧，剛剛是我撕開的。」他再次檢查了一下信封，確定裡面再沒有別的東西。

「很好，這樣就可以了，謝謝老師幫忙。」我認真地點頭道謝，然後轉身離開。

「咦？你都不說答案嗎？這圖案不是有特別意思嗎？」

「沒什麼特別的，謝謝老師。」

丟下滿臉問號的柿子李，我朝教室走回去。

剛剛測試用的信封和卡片，除了顏色之外都跟我用來寫給歌真的告白信一模一樣，只是卡片上沒有寫字，隨手畫了個笑臉。

而且，卡片是在我把信封用火漆印封口後才放進去的。當然沒有用杜比家的印章，只是個普通的圓印。

昨晚回家後，我嘗試了堂哥說的方法。他說得對，沒想到信封側面的黏合處很輕鬆就能用手指分開了，幾乎都沒怎麼傷到信封。之後再用膠水重新貼起來，根本看不出被人動過手腳。我嘗試了五次，只有一次不小心弄破了信封的紙。

順利的話，不用三分鐘就能完成。

也就是說，不破壞火漆印章而看到信件內容的可能性至少是存在的。不過還是老問題，幽靈同學怎麼會事先知道馬歌真的抽屜裡有告白信呢？

我一邊思考著一邊踏入教室，就聽到有人發出慘叫。我連忙上前進入案發現場。

「柏軍！」

美慧擔心地尖叫。但我剛才聽到的慘叫聲是男聲。

慘叫聲的來源，是口吐白沫趴倒在桌上高大的鄭柏軍同學。

若說鄭柏軍是我們班上最強壯的男生，應該沒有人有異議。他是跆拳道高手，去年代表學校參加跆拳道比賽。雖然飲恨屈居亞軍，但已經非常厲害了。沒想到倒下的人竟然是他。

「發生什麼事？」我連忙問。

「不知道，他剛剛在吃餅乾突然就——」

「毒殺？」我倒抽一口氣拿出塑膠手套。「好，先讓我檢查一下屍體……」

「屍個鬼啦！我又沒死！」

柏軍突然拍桌站起來。

「該死！是芥末！該死的芥末！」

他用手背擦掉流出的淚水和口水，生氣地低吼。他的女友美慧立即把自己的瓶裝烏龍茶遞給他喝，他喝了之後吐著舌頭總算冷靜下來。

「餅乾裡有芥末！」

柏軍手上拿著的是很常見的小熊夾心餅乾，內餡是巧克力口味，六角形的紙盒很容易辨識。

「怎麼可能啊，這是巧克力口味啊。」另一位正在咀嚼餅乾的男生認真地回答。

「我剛才吃的也很正常啊。」
「我也是，就普通巧克力口味。」
「這款餅乾好像另外有推出草莓口味，但我沒聽說過有芥末口味？」
「會不會只是剛好有一塊壞掉了？」
大家七嘴八舌地說著。
柏軍向女友美慧借了一張紙巾，墊在她的桌子上，再把吃剩的小熊餅乾全部倒出來。大家的目光都落在那些印著小熊圖案的小點心上。
然後柏軍逐一把小熊餅乾掰開，慘被腰斬的小熊餅乾都露出了裡面的巧克力餡料，直到——
「啊。」
其中一顆掰開的餅乾裡除了有巧克力，還露出了青綠色的東西。美慧拿起來聞了聞，吃驚地說：「真的是芥末！」
剩下的餅乾全部掰開檢查了，就只發現了一塊加料的餅乾。
「There is one impostor among us…」不知是誰說出了太空狼人殺的台詞，被同學拍打後腦杓。

「可惡，到底是誰的惡作劇！」柏軍捏了捏拳頭，露出恐怖的笑容。「坦白承認，我保證不會殺人——」

「你會嚇到大家啦！」美慧沒好氣地拿筆記本敲了男友頭殼一下。「算了吧，又不是毒藥。」

「是不是毒藥還不確定，怎麼知道這不會是混了藥物的芥末呢？」

聽了我說的話，柏軍一整個臉都青了。

「我說笑的。如果有心下毒就不會特別選你會吃出味道的東西來，吐出來不就白廢了嗎？」我笑道：「好啦，到底是什麼事？」

於是柏軍和圍觀的同學把剛才的事複述了一次。

柏軍很喜歡吃這款小熊餅乾，常常忍不住買來吃，而且他都一定會跟朋友分享。今天他也如常地親自到福利社買了小熊餅乾回來教室，是他親手在返回教室的路上打開包裝。

小熊餅乾的外盒是一個六角柱體的紙盒，預設的開口在上方，撕開中間的部分就能從上面打開。裡面是鋁箔包裝袋，柏軍也親手撕開了鋁泊包裝袋。

打開的時候，他完全不覺得有什麼異樣，也不覺得包裝曾被人打開過。然後他就一邊朝自己座位走去，一邊隨意地分給相熟的同學。

「要吃嗎？」

「好哦，我不客氣啦。」希花攤開手掌接過柏軍倒出的餅乾。

「一塊就好，啊～～」

志衡正在打手遊不想停手，他張開嘴巴作勢要柏軍餵，結果柏軍也作勢要挖鼻屎彈進去。兩人打鬧一番，志衡終於搶到一塊。

「嘿嘿，我也要我也要，謝謝主將。」芊芊不客氣地趁兩人打鬧時伸出手拿了三、四片。

「謝謝不用了。」班長猶疑了半晌拒絕。

「謝啦。」阿龍拿了兩塊。

然後柏軍就回到自己的座位，跟女友美慧一起分享剩下的，共享卡路里的快感。

「又來，你這樣每天一盒，是想害我跟著發胖嗎？」美慧雖然抱怨但也跟著拿了餅乾。

突然柏軍吃著吃著，喀滋地咬開餅乾後口腔裡爆發出他最害怕的味道，甚至他都來不及吐出來，就已經滑下喉嚨了。

「我可以吃辣，唯獨芥末不行，我完全受不了芥末那種嗆鼻的味道。光是想起來就想吐。」他發出乾嘔的聲音。

「這件事還有誰知道？」

「對啊，柏軍他連吃壽司和魚生片也不會沾芥末。」女朋友認證。

「上次運動社團聯誼有一起去吃過壽司的人應該都知道吧——志衡、阿龍、芊芊？」

剛剛有吃到小熊餅乾的兩男一女點頭承認，剩下美術部的希花搖頭說：「別看著我，我剛剛才知道原來柏軍怕芥末耶。剩下這些我可以吃嗎？」

其實她已經在吃那些被掰開的小熊餅乾了。

「隨便，現在我連晚餐也不想吃東西了。」柏軍苦著臉說。

「可是，餅乾是柏軍自己從福利社買來的，打開的人也是他自己，到底加料餅乾是要怎麼放進去？」同樣都是跆拳社的志衡問。

「咦？平時問到班長，她都一定會拿一兩塊，今天不吃，有古怪！」

「我只是今天身體不舒服才不想吃。」班長戴著口罩打了個噴嚏，皺眉說：

「我連碰都沒碰過那盒餅乾，跟我有什麼關係？」

「怎麼放進去是個問題，但是，為何要這樣做才是更大的問題吧？為什麼要作弄我們的跆拳道明星……啊！」田徑社的芊芊突然瞪大雙眼望向阿龍。「難不成是你？」

「我？怎麼會扯到我身上？」網球社的阿龍急忙搖手否認，可是表情看起來有點心虛。

「你跟福利社老闆不是很熟嗎？熟到人家老闆常常請你喝飲料。」

芊芊瞄向阿龍手上拿著的新鮮屋檸檬茶，阿龍聳了聳肩。

「請個飲料就叫很熟？那全校有一半女生都跟我很熟啊？」

阿龍是網球社的明星，很受女生歡迎。

「能夠在柏軍買到餅乾前就對餅乾動手腳的地方，也只有福利社了。而且你有動機。」

阿龍一臉「什麼？」的表情。

「你表哥不就是去年跆拳道比賽的冠軍嗎？」

芊芊說出了我頗在意的新資訊。原來如此，那麼被表哥收買來對付比賽對手，這確實也算是個可能的動機。

「我跟我表哥又不熟，為什麼要幫他？」阿龍用力戳了一下身邊的志衡。「你呢？該不會是你嫉妒柏軍每年都占了頭號代表的位置，才想對他惡作劇吧。」

「神經病，我為什麼要做這種事！要說的話怎麼不說芊芊她暗——」

希花把餅乾塞進志衡嘴巴阻止他說下去。

「喂喂喂，夠了吧，現在柏軍又不是被人毒死了沒辦法出賽，你們是在陰謀論什麼啦。有必要嗎？」她連忙打圓場。

的確，柏軍除了嚇了一跳之外看起來沒什麼大礙。他看到氣氛有點僵硬，也就聳了聳肩。

「算了，雖然我有點在意，不過這也只是惡作劇的程度，我沒那麼小氣。如果是不好意思當眾承認，之後私下再跟我道歉，我可以接受。」

這就是大將之風，難怪才高中二年級他就已經是跆拳道社的老大。

突然，教室裡響起了神祕的背景音樂，只是有點走音。那是某人一邊吃著章魚燒一邊模仿某個旋律哼出來的。

「來了，週二推理劇場，謎之小熊餅乾暗殺事件！」嘴角沾著醬汁的歌真登場，不意外地手上拿著一盒章魚燒。

「不好意思，我還沒死。」柏軍翻了一下白眼。

「週二推理劇場，謎之小熊餅乾暗殺未遂事件！」面不改色地修正。

今天不是週二，而且芥末又不是毒藥……可以吐槽的點太多。是說她哼的也不是推理劇場的主題音樂，那是經典美劇《The X-Folders》的主題音樂吧？

「杜同學，受害者已經出現，吾等偵探該登場了！」

她放下已經吃完的章魚燒紙盒和竹籤，興高采烈地回頭看著我。可以的話，我希望她能先擦掉嘴邊的醬汁再說。

「妳剛剛有看到事情經過嗎？」我好奇問。

「沒有，當我在吃章魚燒的時候眼裡就只有章魚燒。不過大家說的話我有聽到哦。」她認真地拉住美慧的手，哽咽著說：「美慧妳放心，我一定會找出加害柏軍的真凶，請妳節哀吧。」

「嗯，有歌真這句話我就放心了呢。」美慧苦笑。

「我又沒死……」受害者繼續無奈抗議。

「總之，我肯定犯人就在這所學校裡面！」歌真篤定地說。

「妳已經知道是誰做的了？」我忍不住皺眉問。

「還沒，不過我很快就會想出來。」

她胸有成竹地展露開朗的笑容，更顯得嘴角那點醬汁礙眼。我開始有點手癢，好想掏出手帕替她抹掉，用手帕印上那粉嫩的臉頰，然後她會微笑地對我說謝謝……啊啊啊不行我不能幻想那麼親密的畫面——

「杜同學？杜同學你呢？你還記得我們的約定吧？」

啊不是，她是真的在叫我，我連忙回過神來避開她的視線。

「當、當然，沒問題，我很快就會找到真相！」

「真的嗎？記得輸了的人要請吃章魚燒哦。」她像突然想起很重要的事一般，收斂了笑容認真地低聲問我：「我可以澄清一個重要的約定內容嗎？」

「是？」

「勝方應該可以指定章魚燒的店家吧？」

「……可以。」曾有一瞬間以為她有什麼重大提問的我是笨蛋。

「章魚燒萬歲！」她再次露出笑容，旁若無人地一邊哼出另一段耳熟能詳的旋律一邊走回自己的座位。

這是《Mission : improbable》的主題音樂，還是跟推理沒有關係啊。

其實如果她想吃章魚燒我什麼時候都可以請客。這時候我才想到，要是我勝出的話就會失去名正言順請她吃點心的機會。難不成我故意輸掉比較好？還是照樣向她證明我不只帥而且還很有頭腦，才能吸引到她呢？

到底怎樣做才能博得她的好感，我還是沒有半點線索。而且她說她已經有心上人也很令我在意……唉，如果愛情也能像推理一樣有邏輯可尋就好了。

總之，先解決眼前的事件吧。第一步，檢查證物。

我拿起小熊餅乾的包裝盒，首先檢查紙盒的底部以及鋁箔包裝袋的底部。有了堂哥對信封的提示，我當然會先想到相同的手法。一般人打開餅乾包裝都會從頂部預設的開口打開，所以如果我要動手腳，會選擇底部。

包裝外盒是紙箱，要先拆開再重新黏貼很簡單，不過跟信封不同的是我可以把它拆開檢查，但卻看不到有二次黏貼的痕跡。

鋁箔包裝袋也是，其實可以剪開之後，再用熱熔封口機再次密封。有心的話，還可以買一柄帶三角切割紋的剪刀修剪邊緣，那麼乍看之下就會跟原廠的包裝很像。不過，我很快就能斷定，這個鋁箔包裝袋並沒有被人動過這種手腳。

檢查完之後，我已經可以基本排除掉事先打開餅乾盒混入毒……啊不是，混入加料餅乾再封口還原的可能性。

那麼就應該是更簡單直接的手法了，畢竟大家都只是學生。

問題是誰有機會和動機去做。

曾經一起吃過柏軍那盒餅乾的人有志衡、阿龍、芊芊、希花和美慧。

志衡低頭繼續玩手遊。他和柏軍同屬跆拳道社，身材也相當。不過因為柏軍太厲害拿了很多獎項，連對運動沒興趣的同學都有聽過他的名字，大家一想到跆拳道都會先想到柏軍。相比之下，志衡好像總是當陪襯。

雖然柏軍和志衡平常總是有說有笑，也經常一起練習一起出賽，但如果說志衡心中有所嫉妒，也不是沒有可能。

在跆拳道社裡，柏軍和志衡的關係到底如何呢？我暗忖著可以向誰打聽。

另一位嫌疑犯，阿龍這回兒有點自討沒趣地轉身回去自己的座位。他是網球社的偶像。跟柏軍和志衡魁梧的外形相反，他算是美形運動員路線那邊的。頭髮的長度總是在挑戰校規的容忍度。他俊美的外表吸引了不少女同學注意，但說實在我看過他練習，球技實在不怎麼樣，但很懂在球場上擺pose。

他和柏軍會相熟，好像是因為兩人剛好都喜歡同一個樂團。我曾經看過他們交換ＣＤ——這年頭還會買ＣＤ支持的應該都是真愛了。

不過，如果不是芊芊提起，我都不知道原來他的表哥居然就是柏軍的宿敵。看剛才柏軍不太驚訝的反應，看來他是早就知道了。

但是如果他真的想要幫表哥打擊對手，那就應該選在比賽前才下手，用個瀉藥什麼的代替芥末，那才有效果吧？

我很難想像會有人因為「如果不退賽我下次就在你的便當裡塗滿芥末」而被驚嚇到。

「主將就別在意那個餅乾了啦，明天換我請大家吃，保證不會有芥末。」

芊芊打趣地說完，就輕快地離開我們的教室。她是隔壁班的學生，不過常常會跑過來玩。身為田徑隊的王牌，芊芊體能很好運動神經很強。每年運動會她都會在賽跑項目中奪冠，而且個人成績比男子組冠軍還快。

剛才應該是有人說漏了嘴……原來是暗戀嗎？回想起來，她對柏軍的態度的確有一點曖昧。如果說她暗戀柏軍，也算是有跡可尋。不然她幹嘛老是找理由過來這邊跟柏軍一伙人聊天？我看她跟志衡和阿龍也不算很投緣。

因暗戀而想要對柏軍惡作劇……感到被忽略而吃醋，也算是個可能的動機。

說起來柏軍的女友美慧，跟晒得一身健康膚色和清爽短髮的芊芊是剛好相反的類型。美慧外形纖細柔弱，討厭運動，臉色蒼白，就算是夏天也會在學校穿著長袖外套，是位靜態的長髮美人。她跟柏軍是互補型的情侶，一個強壯豪邁一個柔弱溫婉。

美慧有沒有動機呢？女友對男友惡作劇當是情趣的一種？但如果是這樣，剛才坦白承認就好了啊。

至於班長，她根本沒碰過那盒餅乾。而希花一向嘴饞，假如她沒說謊，她是剛剛才知道柏軍怕吃芥末。這兩人嫌疑程度最低。

我再次環視他們一圈，已經心中有數知道這件惡作劇是誰做的。只是我還沒辦法確定動機。看來我還要再多調查一點受害者的背景資料。

「妳打算從哪方面開始著手呢？」我問歌真。

「嗯？」

她回過頭來，我這才看到她滿嘴都是餅乾屑，她正在跟希花一起吃掉那些剩下的被掰成兩截的小熊餅乾。

「當然是從受害者的感受開始喀滋著手，所以我在喀滋了解吃小熊餅乾是什麼感覺。喀滋喀滋……這東西真的很容易吃上癮耶，雖然還是遠遠不及章魚燒。」

好哦妳的推理就從消滅證物開始。

說到證物。

我剛剛放在桌上的那個小熊餅乾盒在哪裡了？

「啊？我扔了。」柏軍若無其事地說：「我以為你已經不需要……」

我連忙衝向教室的垃圾桶，然後發現它已經被掐成一團埋在一堆可疑的紙團下面。

「對、對不起，我……哈啾！總之考慮到衛生的問題，不建議你去翻垃圾桶……」班長一邊吸著鼻子一邊發出模糊的聲音。

不用她說我也打算放棄紙盒了。還有，生病請回家休息！

算了，還好我已經確定了紙盒沒有被動過手腳。只要再解開動機這個問題，我就能完美地公開答案。這次不會再容許莫名其妙的所謂推理答案出現了！

我跟跆拳道社的人不熟，如果要打聽相關的事只能親自去看看。查了一下學校各社團的時間表，知道今天跆拳道社會佔用多用途活動室進行訓練，於是一下課我就直接過去。

場館亮了燈，練習用具都放好了但卻沒有人。

社員可能還在更衣室換衣服，這裡距離更衣室有點遠。也許我該晚點再來……

正想著要離開時，突然一道黑影不知道從哪裡朝我撲來。

「踏入這道門，想走沒那麼容易！」

呼的一聲，一條粗壯的小腿就出現在我的頭旁邊。這一腳高高地、狠狠地踢在我背後的牆壁上。

牆壁是不是好像微微凹陷了一點？

「同學！你渴望肉體的力量嗎？是對跆拳道有興趣嗎？」

身穿跆拳道服的男人，用這一腳攔住了我逃走的去路。

「不用回答我！我已經知道了！這年紀的男孩子哪可能不想要變強呢？好，就讓你加入吧！為師一定會將畢生的奧義傳授給你們——」

到底是從哪裡出現的？我被迫夾在這個男人和牆壁之間，駭然認出那顆眼熟的光頭。

「李、李老師？」

「在這裡要叫師傅！」

我一定是眼花認錯人了，不然就是柿子李有個雙胞胎兄弟什麼的。

「抱、抱歉，我其實只是路過打算八卦一下……」

「這就是生物本能的呼喚！別害羞了，承認吧！肌肉正在呼喚你！」

被跆拳道服附身的禿頭大漢居然維持著這個抬腿的姿勢，進一步把我逼近牆壁，目露飢渴……不對，是目露凶光和殺氣。平時親切好欺負的中年大叔去哪裡了？怎麼換上跆拳道服就像換了個人似的，聲音語氣和表情也變了，變態了。

「原、原原原來李老師就是跆拳道社的教練啊，真是失敬了……」可以先把腿放下來嗎？我可不想被男人腿咚。

「難道你不知道？跆拳道社就是我設立的，包括柏軍在內的學生都是我在入學時親自選拔出來重點培訓。我挑人一向很有眼光，嘿嘿嘿……」

「哇……真是太厲害了，」面對暴力犯先不要刺激他，誇一下安撫再慢慢說：「我有聽過柏軍同學很厲害。說起來我們班的志衡好像也是跆拳道社的，也是你找來的嗎？」

我勉強擠出微笑應對。一邊思索著脫身之法，一邊把握機會打探情報。

「志衡那小子啊，他太混啦，天分是有的但意志不夠，還常常分心去玩手遊，不像柏軍那麼投入練習。柏軍要勤奮多了，又有天分。我敢說，柏軍將來可是很有機會入選國家代表隊的！」

「對啊，柏軍真的很厲害，去年差一點就拿冠軍——」

我那句拍馬屁的「都是老師教導有方」都還沒說，他已經激動起來了。

「就是說啊！明明技術上體能上都是我們家柏軍更好，就只是缺了點經驗，氣勢上輸給了對手。所以今年是復仇戰，我一定會幫他克服問題，他今年一定會奪得冠軍！」

我一邊體會著黑熊在耳邊吼叫的感覺，一邊應和：「柏軍同學一定很努力練習備戰……」

「努力是努力，但他的決心還是不夠。跆拳道需要的是意志！果斷！殺氣！他每件事都做得好，唯獨就是減重一直拖泥帶水，真的急死我了！」

果然不愧是教練級的高手，居然能夠一直維持著這個姿勢跟我對話，腿都不酸的。

「他為什麼要減重呢？是重量級別的問題？」

「沒錯。他的體重要是超過那一點，就要報名高一個級別，會對他很不利，也沒辦法找上屆冠軍復仇。但那小子就是愛吃，管不住自己嘴巴。」光頭李撐在牆上的腳掌更用力地壓下去。「跆拳！就該用殺死自己一般的氣勢來減重！我要再增加他的跑步圈數來減重。下個月就要比賽了，他必須用最好的狀態應戰，幹掉上屆冠軍，一路殺進奧運的舞台，他絕對有這個潛能！」

好好好……我明白你對他有多寄予厚望了。

「志衡跟柏軍會參加同一個級別嗎？」

「不，志衡比他重，會參加高一級的重量級別。反正他跟柏軍同組的話也沒有勝算，還不如讓他跟重量級的對手多打拿點經驗，他適合力量型的打法——嗯，你問這麼多，果然是對跆拳道很有興趣！」

他那條腿往下沉了一點，剛好壓在我的肩膀上方，陰森地笑著說：「別再裝了，坦白承認吧，會知道我以前在跆拳道界的綽號就是『笑臉殺手』，你其實是我的粉絲吧？」

不不不，鬼才知道你有過那種綽號！信封裡的笑臉我只是隨手畫的，有沒有這麼巧合？

禿頭男人發出恐怖的大笑聲，朝我伸出手：「來吧，來感受肌肉的生物力量吧！」

情況危急的我連忙托了一下眼鏡，以無比精密的角度，看準天花板燈射在大叔的禿頭上再折射到我的眼鏡邊緣——

智慧眼鏡死光！

「嗚啊——我的眼——」

趁著對方被光線刺到眼睛，我成功脫身逃離練習室。這本來是我們杜比家應付犯人的必殺技之一，想不到我居然要用在學校的老師身上。

不過，有驚無險，我已經掌握事件的真相！

＊

「在柏軍的餅乾中動手腳的人，就是妳。」

隔天一早，我單獨約了犯人在學校頂樓見面。將隱藏在黑暗中的犯人拉到明亮的陽光之下，讓她無所遁形，這就是偵探的使命。

原本我應該當著歌真的面來指證犯人，但是再三考慮後，因為某個原因，我還是決定先跟對方確認。

「你還真的在認真想那件事啊……」對方沒好氣地皺眉，然後冷靜地反問：「你有什麼證據？」

「沒有。不過妳是最有可能實行計畫的人，也是動機上最說得過去的人。」

「那是柏軍自己買來的餅乾，我要怎麼動手腳？」

哼，早就知道犯人不會乖乖就範。

「我已經檢查過包裝盒，那包餅乾本身並沒有被動過手腳的痕跡。所以其實很簡單，餅乾是後來才放進去的。」

我拿出自己買來的小熊餅乾，打開，直接動手示範。

「妳只是事先做好加料的餅乾，藏在手上，假裝伸手進袋子裡拿餅乾，實際上卻是放入餅乾。所以犯人一定在昨天曾經一起吃過小熊餅乾的人之中。」

「昨天吃過餅乾的不只我一個。」

「沒錯。不過有些人並不是自己伸手去拿的，例如希花。她不能用這個方法。而且她也沒有動機。」

「整人就整人啊，還要什麼動機？」

「不對，動機才是此案重點。」我搖搖手指頭。「犯人在餅乾中加入芥末，到底有什麼用意？如果只是沒有惡意的玩笑，當場就應該承認了，不然根本不好笑。如果是懷有惡意、真心想讓柏軍難受的惡作劇，芥末又未免太溫和。隨便偷加個瀉藥或麥皮蟲都還比較有效果——」

對方倏地退後朝我投以鄙視的目光：「你、你好變態……想不到你是這種人……」

「我只是假設舉例啦！」我連忙否認，乾咳一聲。「所以，說阿龍為了幫助表哥而對柏軍下毒手的動機，是不成立的。這點惡作劇根本不可能對下個月才進行的比賽有影響。」

「既然嚇不到人，那還有什麼目的？」

「有的，例如想讓柏軍對小熊餅乾留下陰影，不想再吃。」

對方的神情動搖了，顯然被我說中了。

「犯人使用芥末的真正目的，是企圖讓柏軍看到小熊餅乾就聯想到他最討厭的芥末味道，從此戒掉小熊餅乾。」我繼續說下去：「所以犯人是個會擔心柏軍減重失敗影響比賽的人，是出於好意而這麼做。」

對方避開我的視線不作聲，因為我說的都是事實。

「假如志衡真的嫉妒柏軍，就應該讓柏軍吃更多餅乾然後減重失敗，讓他被迫參加高一個體重級別，增加比賽落敗的風險。阿龍也是，如果柏軍減重失敗，他的表哥反倒會少了一個勁敵。」

「柏軍粉絲很多，會想幫他一把的人也不是只有我……」

對方嘴巴上仍在反駁，不過我看她表情早就承認了。

「就如我一開始所說，這並不是什麼複雜的手段。我不認為會有人為了這種事去苦練魔術師偷龍轉鳳的技術，應該是不用特別靈巧手法也能做到的事。」

我伸出手來直指著她。

「所有曾伸手進餅乾盒裡拿餅乾的人之中，只有妳穿著長袖外套，可以把餅乾事先藏在袖子裡。」

芊芊穿著短袖的夏季制服，柏軍還沒回來，她就已經從隔壁教室走過來找志衡和阿龍玩了。若說她把餅乾一直握在手心裡等著柏軍從福利社回來，那也未免太不自然，會惹人注意。若是把餅乾藏在裙子的口袋裡，到時才把餅乾偷抓到手心再送進餅乾盒——雖然也行，手法靈巧的話一點都不難，但還是有被人發現的風險。相反，美慧一直待在自己座位上又穿著長袖外套，只要把餅乾藏在袖口裡就非常簡單和容易成功。

「而且，妳很清楚柏軍的習慣，都是跟朋友分完最後才拿來跟妳一起吃。也就是說到妳放進加料餅乾的時候，幾乎可以肯定只有妳或柏軍會抽到。如果是芊芊放進去的話，就有可能不是柏軍而是妳或其他人吃到。」

「也有可能是暗戀柏軍的女生做的啊。因為暗戀沒結果而想要惡作劇他和我，所以不管是柏軍還是我吃到芥末都無所謂。」

美慧雖然沒直接說出名字，但她果然早就察覺到芊芊的心意。

「但是在芊芊接觸完餅乾盒後還有其他人會拿到餅乾，要這麼假設就只能假設她不惜進行無差別攻擊，冒著可能是其他同學吃到的風險來作弄你們——雖然芥末不是毒藥，別人抽到也的確沒什麼大不了。可是這樣動機就有點薄弱。」我繼續說：「另一方面，芊芊昨天說會換她請柏軍吃小熊餅乾，可見她並不知道柏軍需要為參加比賽而減重。她為了幫柏軍戒零食而這麼做的動機也不成立。」

我伸出食指指向美慧。

「只有妳，妳動手成功的機會最大，動機也最明確。會放入多於一片是因為妳自己也有機會抽中，當然妳吃到的時候就會面不改色假裝沒事。而且也是為了讓柏軍吃到之後還能找出其他的來檢查，確定加入的只是無害的芥末。妳不想柏軍吃下不明的東西而擔心過頭。實在是個很細心的女友。」

美慧深深嘆了口氣。

「我承認就是了，但你也用不著換三個姿勢來指證我。」

「抱、抱歉，一緊張就……」我尷尬地小聲說著然後垂下手。我連自己什麼時候做出了大叔二叔和阿姨指正犯人的招牌動作也沒察覺。

「你覺得柏軍他發現了嗎？」冰冷的表情換上憂慮，她的語氣近乎求救了。

「妳既然怕被他知道，那為何還要這樣做呢？妳是他女友，直接勸他別再吃了不就好？」

這就是我選擇在公開真相前先找她問話的原因。擔心男友減重失敗，用芥末惡作劇一下，照理說也不是什麼大不了的事，當場承認就好了。柏軍應該也不至於因此生女友的氣吧。

她聽了我的話，先是難以置信地瞪了我一眼，然後換上了憐憫的眼神。

「你沒有交過女友對吧？」

出其不意地受到犯人殘酷反擊，我只能抓住刺痛的胸膛：「為什麼妳會……」

「正因為是男女朋友，才會對這種小事特別在意啊！」她嘆息：「柏軍他一直跟我抱怨說了很多次減重的困難，也說了很多次自己知道不該再吃零食但就是忍不住……所以勸說根本沒有用。我真的很想幫他，才會想出這個方法。」

她緊張地抓住外套的袖口說：「可是當時看到他反應那麼大，我才猛然想到，他會不會嫌我太多管閒事？嫌我這個女友管太多？畢竟他又沒拜託我，會不會覺得我這麼做像是小看他沒辦法靠自己克服這個問題？剎那間我發現我應該是雞婆了……所以突然就不敢當場承認。」

嗯，這就合理了。她本來是打算當場承認當作小玩笑，但突然害怕起來才不敢承認。

「可以……請你不要把這件事告訴柏軍嗎？」她雙手合十。「你想要什麼，可以提條件的！」

「我覺得妳想太多，柏軍應該不會因為這種小事生氣，知道妳這麼為他著想開心都來不及了才對吧。如果是我喜歡的人對我做這種事，別說是在餅乾裡放芥末，就是放瀉藥我也不會介意，不管對我做什麼我都不會生氣——」

「呵，這果然是沒有談過戀愛，只是長期單戀的人才會說出的話。」

妳到底是怎麼發現的！我才不要接受犯人的同情！

「你喜歡的是誰？是班上的人嗎？說不定我可以幫你嘛。」美慧狡猾地微笑。

「只要你替我保守祕密。」

犯人提出魔鬼的交易，不行，不行，偵探怎麼可以屈服。

「我不會接受這種交易，但是可以等妳先去自首向柏軍坦白真相。」

「不行，這件事一定不能讓柏軍知道！」她猶疑半晌，表情陰森地朝我逼近。

「看來只好……」

我連忙後退一步，是打算殺人滅口嗎？

她深吸一口氣，突然以前所未有的聲量大聲說話：「杜振邦暗戀馬歌——」

「噓！噓！小聲一點！她通常很早到學校！」我慌張地伸手摀著她的嘴巴。

她將我的手推開後，展現出勝利者的微笑，還拿走了我手上當作說明用的小熊餅乾。

「你不說，我不說。」

對不起名偵探高祖父，玄孫兒我敗給了狡猾邪惡的女人。

*

「我已經知道犯人是誰了！」

包括我在內，正在黑板上寫字的柿子李和全班同學都嚇了一跳。

現在是課上到一半的時候，柿子李（正常版本）才剛轉身在黑板上畫出動物細胞的結構，馬歌真就突然雙手按著桌子站起來大叫。

「馬同學，不可以在課堂上突然大叫啊。我才正要講到動物細胞……」

果然只要沒有穿著跆拳道服，柿子李就只是個連阻止學生搗亂也沒魄力的普通禿頭大叔。跆拳道社的學生難道都不會覺得這種雙重人格很變態嗎？

「抱歉老師，所謂章魚燒必須趁熱吃，這件事必須趁現在揭開真相！」歌真毫不退讓地站著。

「到底是什麼事呢？」完全不知道前因後果的柿子李搔搔頭皮問。

「啊，等、等等。」

只見歌真罕見地拿出了手機，看來她不太熟悉怎麼操作，有點手忙腳亂地終於挑出想要的背景音樂，然後從書包裡拿出一頂獵鹿帽載上。

「週三推理劇場，謎之小熊餅乾暗殺未遂事件・解謎篇！用芥末毒害鄭柏軍同學的犯人就在我們之中！」

除了我之外，同學們甚至鄭柏軍本人也露出了「妳居然還記著那件事？」的不可思議表情。我大概是班上唯一確信她會認真實行跟我約定推理比賽的人吧。

不知道為什麼，我對這一點沒有懷疑過。至少，我確信她對以章魚燒為獎品的約定會十分認真。

「芥、芥子毒氣？」柿子李驚恐地大叫。

「不，是芥末。」

「妳是說，芥末。」

「沒錯，就是芥末。」歌真凝重地點點頭。「犯人明知道柏軍同學極度害怕芥末，仍然下此毒手，真是太冷血了。」

「呃我只是討厭那個嗆鼻的味道，沒到害怕——」

「企圖利用芥末來破壞柏軍同學的味覺，那個殘酷的犯人就在這個教室裡！」

受害者的發言被完美地無視過去。

我望向美慧，只見她不安地微微皺起眉頭。如果歌真也發現了真相然後由她揭發，那可不是我的責任。雖然作為杜比家的後人，看到真相得以公諸於世我會很高興，可是萬一美慧因此不高興而違背約定，我就慘了……

「怎樣？振邦同學，如果你還沒有發現真相，那我就要說出我的推理了哦。」

歌真忽然轉過來望向我，大眼睛充滿期待地閃閃發亮。

振邦同學……振邦同學……振邦同學……

她叫我振邦同學！

之前都只叫我做杜同學啊！這種親密的稱呼，難道表示我們之間的關係拉近了嗎？接下來就會去掉「同學」一詞，直接叫我「振邦」了嗎？

啊不行這進度太快，我不知道我的小心臟承不承受得住……

「振邦同學？你的推理完成了嗎？」

嗚嗚嗚，好想聽她再多叫我幾次。不行！我要冷靜！現在可是在全班同學和教師面前，要冷靜！

我深吸一口氣，撥了撥頭髮，做出女士優先的手勢：「Lady first。」

「犯人在柏軍同學愛吃的小熊餅乾裡加入了芥末，到底是怎麼做到的呢？餅乾是他自己在福利社買來的，也是他親手打開。所以，答案只有一個。」歌真胸有成竹地說：「犯人收買了福利社的老闆娘，讓柏軍同學買到事先做了手腳的餅乾。」

很好，一開始的方向就錯了。我望向美慧，她的表情也放鬆下來了。

「犯人先把餅乾盒底打開，裡面的鋁箔包裝袋也是從底部打開，加入芥末餅乾後就用熱熔密封機封口，重新黏好盒子。柏軍同學就跟其他人一樣都是從頂部打開，所以沒有發現包裝被動過手腳呢。」

看她努力又認真地說明，我差點忍不住笑了。很遺憾這個可能性我老早就想過，也檢查過物證證明是錯的了。不過她認真說明的樣子真的很可愛。

「犯人之所以這麼做，是為了讓柏軍同學戒掉吃小熊餅乾的習慣，盡快減重成功。換言之，犯人是個很擔心柏軍同學減重失敗的人。」

嗯，至少動機這裡是正確的。慢著，我現在才注意到她叫鄭柏軍做柏軍同學。說起來歌真也是直接稱呼杏子和美慧的名字，難道，只有我一開始的稱呼就比較疏遠？是那樣嗎！

「在座之中最擔心柏軍同學沒法減重成功的人就是他的教練。所以，犯人就是你！」

嬌小的歌真伸出食指指向比自己高大許多的柿子李，氣勢堪比大衛面對巨人哥利亞，全場鴉雀無聲。

直到我忍不住噗嗤地笑了出來。

「咦？振邦同學不同意嗎？」她滿臉無辜地回頭問我。

「不不不，先別管我，妳繼續……」

覺得很好笑的我努力忍住不笑。傷腦筋，先別管我和美慧的約定，光是看到她這麼認真「推理」的樣子，就會讓我不忍心指正她啊。

也太難了吧，我可不想害她不開心，該怎麼結束這件事才好。

「妳說，犯人是我？」

柿子李臉色驟變，明明還穿著偽裝成老師的襯衫和西裝褲，卻漸漸露出宛如換上跆拳道服後的恐怖表情。

「可惡，想不到，我這麼縝密的計畫，居然會被妳看穿！」

咦？

「什麼嘛，原來是教練？」柏軍事不關己地眨眨眼，然後有點心虛地小聲說：

「為了比賽是有必要做到這地步啊……」

「當然啊！」當場變身成惡魔教練版本的柿子頭李悲憤地說：「你這樣天天吃那種餅乾，每天再跑多少圈也趕不及減重！為師只有忍痛出此下策！」

咦咦？等一下。

柿子李為什麼要承認啊？不可能，我親手檢查過餅乾包裝盒，絕對沒有動過手腳的痕跡。

更重要的是，美慧今天早上已經親口向我承認是她做的啊！

雙犯人？雙重犯罪？不可能，邏輯說不過去——

「老、老師，我實在忍不住了，可以聽我說句話嗎？」

美慧突然站起身，她打算自白嗎？

「柏軍他，其實每次壓力太大的時候就會想吃那個餅乾。他最近之所以會一直吃那個餅乾，就是因為老師你給他的特訓壓力太大啊！」

柿子李一愣，嚴肅地望向柏軍：「是這樣嗎？」

「呃……美慧這麼一提，我確實是有那個傾向，每次壓力很大就會想吃那個。」柏軍有點不好意思地說：「算是從小養成的習慣吧。」

「不，我是說，你真的覺得為師給你的特訓壓力太大了嗎？」

柏軍面有難色，最後站了起來，認真地朝柿子李九十度鞠躬。

「我非常感謝老師的指導。可是最近實在……總覺得每天都被耳提面命要拿冠軍、一定要幹掉對手。我不介意練習辛苦，但是總覺得好像快要忘記自己為什麼會學習跆拳道了。」他直起腰來，像是下定決心把思考很久的話說出口：「坦白說，我並不是那麼在意要拿冠軍。我只是覺得跆拳道很有趣，跟其他人對打切磋很有趣。但不知道什麼時候開始，大家都覺得我應該要拿到冠軍……真的覺得有點厭煩了。」

「嗚嗚，柏軍，你終於敢反抗教練了。」美慧感動得眼泛淚光，輕輕拿外套袖口拭淚。

不對啊，明明妳才是那個不擇手段想幫他減重的人！

「原來如此，為師明白了。」

光頭李突然撕開襯衫，露出胸肌雙膝跪地，在全班學生面前伏地道歉：「對不起！為師錯了！我竟然忘了跆拳道的初心！是為師的錯！我居然還在老少咸宜的餅乾裡面動手腳，使用這種卑鄙的手段，是大錯特錯！為師不配再教導你們！啊啊啊啊啊啊～～！我現在就去向校長請辭！回去深山修行！」

他突然跳起來衝向教室門口，被早有預警的柏軍趕上攔住。

「沒那麼嚴重啦教練！調節一下方針就好了吧。」柏軍像是對禿頭男人的暴走見怪不怪了。

「對啊，你跑了誰來帶跆拳道社？校長一定不肯花錢另外再聘請教練啊！」志衡也慌忙上前勸阻。

我的大腦空白了幾秒，呆呆地看著這場鬧劇。柿子李是在演戲嗎？美慧事先說服了老師和歌真，聯合起來演這場戲？

否則我實在想不出任何理由去解釋這件事。

「歌真，謝謝妳找出真相。當時聽妳說要找出犯人我還以為妳只是開玩笑……總之謝謝妳。」美慧滿心感激地向歌真道謝。

「呵呵，我就說推理很簡單嘛。振邦同學，這次你無話可說了吧？」歌真對我比出一個拇指。

的確無話可說，在另一個意義上。

「那、那我可以指定章魚燒的店家了嗎？」她興奮地、紅著臉靠近我追問。

「可以……」我無力地回答。

「在新開業的寬帽購物中心裡面的宿口章魚燒，可以嗎？」她憂心地小聲補充：「不過，那個，它每一顆比別的店平均要貴上23%……」

妳覺得到這個地步我還會在意這種事？

真的很想立即質問她到底是如何說服柿子李把他拉下水，可是看到她聽見我說「沒問題」之後所露出的燦爛笑容，我又實在問不出口了。

*

「現在新店開張期間內，兩份九折！」

綁著頭巾的店員一邊用竹籤熟練地翻著嗞嗞作響的章魚丸子，一邊笑容可掬地向我們推銷。

歌真像餓了很久的小動物似地一直盯著漸漸變色的麵糰。

「那就來兩份吧。」我立即付款。

於是我們一人捧著一份章魚燒和送的蜂蜜綠茶，在店家對面的椅子上坐下吃。

「我不客氣了！」

看她那幸福無比的笑容，彷彿她手上捧著的，不是放在船型紙盤上的麵粉加章魚肉烤成的丸子，而是放滿珠寶首飾的寶物箱。

為什麼有人能如此迷戀一種食物？不過算了這不重要，重要的是現在我正坐在她旁邊！跟她！一起吃東西！

距離好近，近到我隨時會碰到她的手肘，近到似乎可以聞到她身上的淡淡香氣，有點像醬汁的味道……啊不，那是章魚燒發出的味道。

總之，已經緊張到心跳加速至每分鐘一百二十下的我，早知道只要故意輸掉就可以跟她一起吃下午茶，我幹嘛還那麼認真去推理……不不不，高祖父，我只是想想而已、想想而已！我怎麼敢忘記祖訓呢。

加油啊杜振邦！現在不就是你夢寐以求可以單獨對話的時機嗎？明明沙盤推演了那麼多，怎麼現在反而下不定決心用什麼開場白才好。

就直接問她覺得好不好吃？不，只要是章魚燒她一定會覺得好吃的，而且她吃得很開心，都寫在她臉上了。不能問廢話。該展露一點過人的見識讓她為我著迷？妳知道嗎，製作好吃的章魚燒要在麵糊裡加入一點牛奶……不行，在章魚燒專家面前裝內行太冒險了。那麼果然還是談天氣？不知道現在雨停了沒有，之類？

不對，身為一個準偵探，我應該首先質問她到底是怎麼跟柿子李和美慧串通好的才對吧？雖然結果看來誰都沒有損失，但那個始終不是真相。趁現在沒人問她，她也比較不會尷尬。

好，就用賽後檢討的名義——

我才剛要開口，手機就響了起來，我只好對歌真尷尬地笑了笑，接起了電話。

『振邦？是我，傑表哥。』

一聽到口音我就知道是人在外地的表哥，他很喜歡周遊列國參觀古蹟，我好久沒見過他了。

『聽說你受阿學所託，正在調查珍妮．瑪寶的後人？』

我差點被咬到一半的章魚燒噎到，連忙向歌真打了個手勢，稍微走開一點繼續小聲講電話。

「怎麼連表哥你也——」

『當然知道。因為你年紀還小所以沒跟你提過，但是競相破解「奧古斯都的遺憾」一直都是杜比家族年輕一代的傳統。』

表哥進一步解釋，其實大家都把這件事當成趣味消遣和家族聯誼，畢竟年代久遠，沒有人會認真比賽，有新線索的話反倒會合作調查。所以杜川學堂哥發掘到的新情報，他也有收到了。

『本來是沒打算讓在學的表弟表妹分心影響學習，但難得你剛好跟目標人物同一所學校，難怪他會直接找上你。』

目標人物可不只有跟我同校，現在還在我的身邊。我偷瞄了一眼還在吃章魚燒的歌真。

「我還在想辦法拉近和目標的距離，暫時沒有確切答案。」我感慨地小聲說。

『我不是來催你的，只是來給你一點警告。因為根據我最近的調查，當年奧古斯都和珍妮．瑪寶捲入的案件，似乎是一件超自然事件。』

我皺了皺眉，同時內心也有一點雀躍。

許多不可思議的犯罪手法，都會在一開始偽裝成無法解釋的超自然事件。當然，最後都會在偵探的邏輯推理下現出原形。破解這種案件可以說是作為偵探最痛快的事情之一。

『至少，一開始兩人被邀請去調查這案件時，事件是被視作無法解釋的神祕謎團來看待的。可惜相關的資訊和紀錄，被當時迷信的人認為是在褻瀆神明而處理銷毀了。』

那真是太可惜了。

「謝謝啦表哥，可是這應該不能算是警告吧？都那麼久遠的事了不會對我有什麼影響的。」

『這可很難說。有些包裝成超自然現象的手段，會涉及宗教和宗教組織。如果他們當時處理的案件真的扯上什麼奇怪的宗教組織，那個影響力延續到現代也是很有可能的。』

雖然表哥說的話也有道理，不過我還是覺得是他多慮了。除非這世上有一個以章魚燒為信仰核心的狂熱宗教，不然我實在不覺得自己目前會有被神祕教派傷害的危險。

「所以說那個到底是什麼樣的超自然事件？」密室殺人？屍體消失？凶器憑空出現？

『詳情還不知道，但我在歐洲的朋友查到當時的人稱之為一九一〇年「巴黎歌劇院離奇死亡事件」。』

「你確定你朋友說的不是《歌劇魅影》？」被帶走的物證該不會就是魅影的面具吧。

『哈哈，不是，不過有可能那個故事是以真實事件為範本。總之如果你那位同學真的是珍妮．瑪寶的後人，那我們就有多一條線索可以追查了。』

「我會盡快確認的。」

『你還沒有跟姑姑姑丈提過這件事吧？不知道為什麼到了我們這一代的大人都不太喜歡談到這件事。』

「這種小事沒必要特意跟他們提起啦。」我父母沒有要我凡事都向他們報告的習慣，倒不如說要聯絡到他們就不太容易。

『對了，我也從阿學那邊聽說了信封的事……』

堂哥大嘴巴！這樣一來我寫告白信的事不就全部親戚都知道了嗎？

『你有沒有仔細檢查過教室和走廊有沒有機關？』

「啊？」這我還真的沒仔細檢查過。不過那是每天上課的教室，如果有人布置了什麼奇怪的東西應該很容易發現才對。

『你試試看檢查牆壁窗戶之類的。我稍微調查了一下，你的學校校舍是建築大師中村土司在未成名之前所設計與建的。他經手的建築物一定都藏有鬼斧神工的機關。』

差點忘了，表哥杜田傑是破解機關大宅的高手。沒想到他還替我查到了我完全忽略掉的可能性。

「謝謝你，我會檢查看看。」

掛掉電話後，頭腦總算冷靜下來。我怎麼還胡思亂想，身為準偵探，首先要問歌真的問題，當然是她和珍妮．瑪寶的關係啊。

「歌真同學，雖然有點冒昧，但是我有些事情想請問妳。」

我回到她身邊坐下，該來討論正經事了。

「咦？居然被你搶先開口了。」她突然害羞起來，兩頰泛紅，欲言又止地說：「我也是，有些事情想問你，但又不好意思開口……」

她有事問我？她想知道我什麼？她對我這個人感興趣了嗎？

「隨便問吧。偵探，知無不言。」感覺飄飄然的我，意識到的時候已經伸手撥了劉海……

不知幸或不幸，她好像根本沒注意到我耍帥到一半僵住的姿勢，雙眼眨了眨只盯著放在我旁邊的東西。

「你的章魚燒是不是不吃了？我可以吃掉嗎？冷掉就浪費了。」

我把剩下的章魚燒讓給她，她朝我表示感謝的笑容彷彿我是觀世音菩薩。

「你想問禾素莫樹？」她把整顆章魚燒放進嘴巴裡，兩頰因此鼓了起來。

「我呢，其實有三十二分之一的法國人血統哦，看不出來吧。我高祖父是法國人。」我決定拋磚引玉。

「法國！《Les Cinq Dernières Minutes》！parles-tu français？（《最後五分鐘》！那你會法語？）」

「Je parle un peu…（略懂一點……）」我有點驚訝她能隨口說出法語。不過既然她是千金小姐，在學校外再學什麼外語也不意外。

順帶一提我是因為親戚聚會而從小就會，算是第二母語。畢竟本家在法國。

「Cakn'a'ng ca'eeh？（？？？）」

我保持尷尬而不失禮貌的微笑，她這句發音太奇怪了我聽不清楚她想說什麼。她的法語該不會真的是看電視劇學來的吧。沒記錯《最後五分鐘》好像是法國的經典偵探劇集，我聽三姨婆提過。

這讓我想起在洛杉磯當警察的二叔公，他曾經試著用自學的中文跟我說話把我笑個半死。如果不是常跟母語使用者接觸，真的很難掌握外語發音。

歌真看見我一臉疑惑，發覺我聽不懂便可惜地搖搖頭。

「我法語的小舌音老是發音不標準耶。這樣說起來，法語裡面的舌音，會不會跟 French Kiss 的命名有什麼關係呢？」

正好喝了一口綠茶的我把茶噴了出來。

她連忙拍拍我的背。看她瞪大眼一臉無辜驚訝的表情，彷彿絲毫不覺得自己剛剛說的話有多麼罪孽深重，就跟問法國人是否都愛吃法國麵包一樣稀鬆平常。

「嗆到了嗎？你的臉都漲紅了耶。」

完全沒有心理準備下聽到自己喜歡的女生突然提到那種令人害羞的詞，妳是要我怎麼淡定啊！

「咳，我、我的意思是也許我們的祖先並不一定是本地人。妳有沒有沒想過自己的祖先也許來自外國？」

「有可能耶。」她認真地思考起來，用竹籤挑起剩下的最後一顆章魚燒。「就像章魚燒一樣明明是日本的傳統食物，現在也在這個城市如雨後春筍般出現了。」

這比喻好像哪裡怪怪的。

「仔細一想，我們的祖先確實是從外地來的呢。」

「哪裡？」我差點把「英國嗎」這三個字脫口而出。

「非洲啊。人類起源不都是從非洲開始遷徙到各大洲嗎？啊，你有沒有看過一個科幻電視劇？故事說人類祖先其實是從外星移民來地球的外星人，很有趣！」

這祖先也太久遠。

「妳聽說過珍妮．瑪寶這個人嗎？」

「嗯。」她用力點點頭，把食物吞下去喝了一口茶，才回答說：「《瑪寶小姐探案》，英國的電視劇，幾年前拍了六季呢。說是改編自她的自傳，演員還好啦，可是改編得不怎麼樣。」

不愧是電視劇活百科，原來這有拍過影集，我都不知道。

如果直接問她「妳的家族會不會跟珍妮．瑪寶有關」，她反問我「為何這麼問」，我就詞窮了，總不能全盤托出我懷疑妳高祖養母甩了我的高祖父。

「就……總覺得妳有點英國淑女的氣質，好奇妳會不會跟那位有名的女偵探是同鄉……」

「英國……」她愣了一下，突然害羞起來。「難道，是指我吃章魚燒喜歡配茶這件事被看穿了嗎？」

一般人說氣質應該是不會想到這種事。

「不過我們家的確是很喜歡英倫風的東西，炸魚配章魚燒也是很可以的。」

「妳有沒有懷疑過自己可能有一點英國血統？」我努力把跑偏的對話拉回來。

「歌真嗎？」她眨眨眼，把小手放在自己的胸口上。「一丁點都沒有呢……」

好吧，我猜就算她的家族真的跟珍妮．瑪寶有關係，她大概也不知道。

『你是由陰陽術而生的變種人——他們說你不是人類——你為什麼不把他們都殺死呢——（音樂）——』

歌真的目光突然牢牢地固定在一處，聚精會神地像忘了我的存在。我順著她的視線看去，原來是購物中心的巨型螢幕正在播放什麼影集的廣告。

『丟個小銀錢給你的獵魔侍～～♪——《獵魔侍》第三季即將上架。』

歌真就像突然定格了看著螢幕，不，應該說就像是靈魂突然出竅，那神情就我看來像是「空白」——明明她人就在我旁邊，靈魂卻與我隔絕在另一個時空的感覺。儘管我知道她是個劇集迷，但還是第一次看到她這個模樣。陌生到彷彿我是第一次看見這個少女。

詭異的感覺讓我心頭一顫，忍不住像是要確認什麼似的小聲叫喚了她的名字：

「歌真？」

「嗯？啊，對了，謝謝你的章魚燒。」剛好廣告播完，她就立即回過神來，彷彿剛才什麼都沒發生過。「雖然這次輸了，下次推理再加油吧。多看點偵探電視劇會有幫助的哦。《Les Cinq Dernières Minutes》我就很推，雖然是黑白影片，但就是經典！」

「喔……」我一時無語。剛剛難道是我的錯覺嗎？

接下來歌真就一直熱情地給我推銷不同的偵探劇集。我都找不到時機再追問餅乾事件。

想來剛才沒有在教室當場指出她們串通演戲，現在再拆穿也沒什麼意思。而且我突然想到一個可能性：說不定這次是美慧跟柿子李串通，歌真也是被蒙在鼓裡。

美慧怕我反悔向柏軍揭穿她，所以先下手為強找人當替死鬼。如果美慧說柏軍知道真相後可能會跟她分手，可能會嚴重影響心情甚至影響比賽，柿子李那麼在意比賽可能真的會答應演戲。然後他們再誤導歌真找出這個「真相」。

畢竟，我實在不敢相信歌真這張天真無邪的笑臉背後，居然會接連串通幽靈同學和美慧來騙我兩次。雖然老爸常說越漂亮的女人越不可信，但歌真有必要為了吃到章魚燒而這麼做嗎？她看來又不缺買章魚燒的零用錢。

我嘆了口氣。結果今日最大的收穫就是可以跟歌真一起吃章魚燒，代價是損失了一點偵探的尊嚴。

*

杜田傑表哥的情報是對的，圖書館的校刊裡就有寫到校舍的建築師是傳奇人物中村土司，那麼校舍隱藏了特殊設計的可能性就很高了。

雖然我的專長是推理，但觀察力和背景調查是偵探的基本功，我們杜比家當然也很重視。再加上我那位破解機關大宅的專家表哥遠距教學，要發現這幢建築物的祕密簡直輕易而舉。

「王伯，還沒下班嗎？」

我在操場看見校工王伯便打了個招呼。

「你說什麼？」

他暫時關掉手上呼呼作響的機器，世界總算安靜下來。我只好再問了一次。

「還早呢。現在學校有工程，打掃的工作也多了。」老伯嘆氣。

我看看他掛在肩上的機器，沒想到學校還真的買了吹葉機。

「這還是最新款式的多功能型號。幸好有這東西，現在打掃落葉要輕鬆多了。」他高興地拍了拍機器上的袋子。

居然還買高級貨，這真不像我們校長的作風。

「你怎麼還沒回家？你也是留下來湊熱鬧的嗎？」

「湊什麼熱鬧？」

「裝修工人們好像在樓梯發現了什麼機關，大家都跑去看了。」

我大吃一驚，連忙朝樓梯跑去。

「怎麼搞的啊，這面牆壁居然有暗門！」

裝修工人們圍在三樓的樓梯間起鬨，吸引了放學後還留在學校沒有回家的學生注意。

我連忙擠過去了解。雖然不知道詳情，但總之他們在維修的時候意外發現了一道暗門。

機關考察是偵探的工作啊！居然被工人們搶先發現了！我都還沒開始調查！

這面牆壁的後面就是我的教室，是學生座位後面與黑板相對的那一面牆。

暗門在樓梯扶手上方，毫無瑕疵地藏在初代校長的照片畫框內。總之整張A1大小的照片就是暗門，牆壁另一端的門就是教室內收納櫃的背板，貼近教室地面。

工人們嘖嘖稱奇，讚嘆製作者巧奪天工的設計和手藝，直到校長也被驚動過來關切，最後——一如所料——不由分說就下令把那部分封起來。

「等、等一下！這可是那位建築大師中村土司的傑作啊！至少也該好好調查記錄一下！」我連忙出聲反對。

「我們學校不需要這種東西。」校長斬釘截鐵地說：「不懂前任校長怎麼能這麼粗心讓工人偷工減料到牆壁空出一個洞來，總之在我任內監督的工程一定都要做好做滿。」

他根本完全不懂啊！

結果這麼有趣的祕道，居然是被工人無意發現，然後又轉眼就被無知的校長下令封閉，讓工人粗暴地用木板釘起來封住。中村土司在天有靈也會生氣吧，我表哥也會，我也會。

別說推理了，根本連調查都來不及。但凡推理，只要有機關就一定會被使用到，哪有這種機關不是由偵探發現，還要剛發現就被破壞的道理？

日落天晚，校長把我們都趕回家。隔天到校，樓梯上的畫框已經被拿下來，牆上的暗門已經被水泥封起來了。

慘不忍睹。

同學們都議論紛紛，教室有暗道的傳聞已經傳開，但大家也親眼看著它結束。我站在教室裡看著暗道原本的出口，那個毫不起眼的收納櫃，如今貼上了校長的封條，所以大家雖然好奇卻沒人敢打開來看。

如果那天早上有人躲在那裡，沒進來教室卻只是推開門偷窺，我會發現到嗎？只要不弄出聲音，我應該不會發現吧。

而且那個人也可以避開在走廊維修的工人和我，在我離開之後出入教室而不被人看見。

不過問題是，犯人必須要事先就知道有這個機關存在，而且也知道有人進入了教室，或者甚至是看到我進入教室。不然沒理由沒事開暗門偷看。

那個丘凌會不會曾經意外地發現了這扇門呢？可惜我還沒查到他那天早上幾點到學校。我偷瞄了他一眼，他也跟其他人一樣好奇地看著收納櫃。

現在雖然發現「不被我和工人看見，偷偷跟在我後面出入教室，然後在不破壞火漆印章的情況下偷看到信封內的卡片」的可能性確實存在。但那個是不是丘凌，他是否真的這麼做過，還沒有確實的證據。

「歌真！妳聽說了嗎？原來我們教室後面有祕道！」

杏子一看到歌真就立即朝她招手。

「祕道？什麼什麼？」歌真也立即雀躍起來加入討論，看似是第一次聽說。

「大新聞！大新聞！」希花一衝進教室就滿臉緊張地大聲宣布。

「樓梯的祕道嗎？大家都知道了啦。」

「不是那個啦！今天早上梁老師在路上被車子撞到，現在送醫院了！」

推理什麼的
不重要啦
你要吃章魚燒嗎

第三章

祈願牆消失事件

梁老師是歷史科老師，也是隔壁班的班導師，是位長髮清秀又年輕的美女，很受學生們歡迎。竟然發生嚴重的交通意外，大家都很擔心難過。

不知道是誰先開始的。『希望梁老師快點甦醒』、『祝早日康復』、『好人一生平安』、『祝老師盡快出院』、『大家一起為老師集氣』……寫著各種祝福語的圖畫、便條紙和紙鶴等等，漸漸貼滿了校舍南面的走廊牆壁。

很快地，原本素白的牆壁就變成一道像彩虹般色彩繽紛的大型藝術。當然，其中也混入了一些像『老師我還沒向妳告白一定要好起來』、『撞人司機不得好死』、『危險駕駛一律下地獄』之類不太得體的留言。不過大部分都只是很普通的祝福語句。

我看著不知道是哪位有心學生製作、貼在角落的『住院第三天』的日期紀錄，也忍不住嘆息。緊急手術後已經三天了，目前梁老師還在昏迷中，情況的確很令人擔心。

「振邦同學，你有沒有什麼打氣的說話想跟梁老師說？」

我回頭，看到感冒已經好了的女班長和杏子，前者正用手機對著我。一看到鏡頭我就緊張起來。

「我們要拍影片傳給老師的家人，希望老師能夠聽到大家的聲音。」杏子跟著解釋。

「沒問題。」我深吸一口氣看著鏡頭。「老師請放心，我請親友確認過警方已經掌握犯人酒醉闖紅燈危險駕駛的人證和物證，要定罪絕對不成問題。盡快醒來吧，就讓我帶妳去見證犯人的下場！」

「呃，ＯＫ。不過老師最多只會聽到聲音，其實你不用這麼努力擺 pose。」

我紅著臉尷尬地放下不自覺朝鏡頭做出邀請動作的手，是我那個天才表弟的招牌動作。我真的不是故意的，這已經接近膝反射了而且我本人就很困擾。

「你這方面倒是跟歌真很合拍。剛剛拍她的時候她都在扮《忙碌醫生沒生活》的角色說著對白。」杏子看著女班長手機畫面，大概在看剛才錄的影片重播，忍不住偷笑。

不同啊，我又不是故意要扮演誰！不過解釋也沒用，她們沒辦法想像我的成長環境。

「啊，我們正好提到妳呢，歌真。」女班長朝走向我們的歌真和美慧招手。「妳們要來貼便利貼嗎？」

「我已經貼了哦。」歌真抬頭望向牆壁。「好厲害，比昨天又更多了。你們也寫了嗎？」

「有啊，我寫了希望老師能像我的感冒一樣很快就康復。」

我猶疑了一下，才若無其事地說：「話說現在這裡就能看到大家的筆跡了。歌真同學只要拿出那封匿名告白信來對比一下，說不定會發現遺漏的真相……」

「你真的到現在都不相信那是丘凌同學寫的喔。」杏子難以置信地說。

當然啊因為根本是我寫的！

「嗯，振邦同學到現在還在懷疑我的推理。不過沒關係哦，這樣章魚燒的比賽就能繼續下去了。」

我應該高興歌真很正面地理解這件事嗎？

「可惜有很多便利貼都沒有署名。振邦同學，這次你有好好署名吧？」美慧別有用心地微笑。

「我的便利貼昨天就貼上去了，不過可能已經被別人的蓋起來了吧。」我乾咳一聲：「歌真同學的貼在哪裡？」

「嗯……我忘記了，要找找看呢。」

「是這張吧？」我看了一眼便指著其中一張心形的便利貼。

「哦哦，對呢，就在這裡。」歌真發出讚嘆：「好厲害啊！你居然一眼就能夠看出來。」

她的身高就是最好的提示，首先掃視她視線水平直到她手伸高能碰到的範圍，果然馬上就看到了。因為某個關鍵字比她的署名還更明顯。

『老師加油，聽說怪手章魚燒下半年要來這座城市開分店了，妳一定要趕快康復』——這種不知道算祝福還是廣告的留言，就算不看署名也知道是誰。

圓圓的手寫字體，居然連筆跡都這麼可愛……

「最可惡的還是那個司機，」杏子嘆息：「這世界真不公平啊，梁老師那種好人居然會遇到這種無妄之災。」

「老師要是一直不醒來，會變植物人嗎？」美慧擔心地問。

「那就太糟糕了。聽說老師是家中獨生女，她父母一定很傷心難過。」

「老師還在ＩＣＵ，大家想探望也沒辦法。」女班長一看到志衡經過就連忙叫住他。「志衡，我們拍影片給梁老師，你也說幾句——」

她和杏子忙著去拍攝其他人。我看著貼滿便利貼的牆壁，心想這些東西其實也要等老師出院回來才能看到。真希望能看到梁老師再次出現在這條走道上，露出大家熟悉的微笑，然後用一貫溫柔的聲音說：讓大家擔心了，謝謝大家這些祝福……

只可惜，這一幕終究沒法實現。

因為隔天一大早，提早到學校的學生都吃驚地發現，這面牆壁已經被清理了。其實還有一部分紙張殘留在牆壁上，但至少一半都被撕走不見了。

「到底是誰做的啊！這麼過分的事！」

大家都很生氣，首先懷疑是校方動手清理。雖然這面便利貼牆沒有事先向學校申請過，的確違反了不能隨意張貼傳單的校規，但這麼粗暴清除也太過分了。聞聲而至的老師也很驚訝。柿子李說不少老師也有跟著在上面寫祝福的話，應該沒有人會做這麼缺德的事。

跟著出現的副校和校長也馬上就否認了，看來校長雖然吝嗇，但還是有點良心的。事實上弄這些便利貼又沒用到學校的錢，他也確實沒有動機來破壞才對。

那到底是誰做的呢？

「好過分，老師還生死未卜，大家不過是為她打氣祝福，為什麼要破壞？」柏軍也忍不住捏起了拳頭。

「嗚嗚，我們美術社一起畫的祝願康復海報也被撕走不見了。」希花哀嘆。

「大家的心意都被毀了，難道有誰壞心眼到不想梁老師回來嗎？」

「老師人那麼好，是能得罪什麼人？」

大家七嘴八舌討論，義憤填膺。這次毫無疑問是犯罪事件，所以——

「振邦同學，是偵探登場的時候了！」歌真翩然轉身，伸手指著牆壁一臉認真地說：「命名，祈願牆消失事件！」

「是『消失』還是『損毀』，現在還不知道。」我冷靜地說。

「有什麼區別？」杏子問。

「如果在附近就找到那堆被撕下的便利貼和圖畫，那牆壁只是被犯人損毀。如果找不到，那就真的是消失了。」

「對啊，那麼多紙條，到底都扔到哪裡去了？」女班長連忙發起搜索行動。

「大家快幫忙找找看！」

在女班長帶頭下，大家都很齊心立即四處去找，不用十幾分鐘全校的垃圾桶都已經被檢查過了，沒有發現。

「我們也找過樹叢那邊，什麼都沒有。」

「會不會是沖到馬桶去了？」

「那只會塞住更快被人發現吧！」

「燒掉了？」

「能在哪裡燒？我們學校又沒有焚化爐。」

「那就只能藏在書包裡了吧！大家快把書包打開！」有學生立即提議。

「對啊，只要搜書包就解決。」校長點頭。

「呃，等等，這可能會被家長投訴……」副校擔心地提醒。

可是，在場的學生都因為太生氣急著想找到可惡的犯人，紛紛自動打開自己的書包給同學看，證明自己清白。

現在還不到正式的上課時間，所以現場只有三十多位特別提早到校的學生，不過再下去就會有越來越多學生到校了。

「我不認為犯人會把那麼多罪證帶在身上，這樣做沒什麼用。」我說。

「振邦同學認為應該怎麼做呢？」歌真一臉好奇地問。

「哼，當然是先確定時間和證人。」好、好險，手差點又忍不住去撥頭髮。

「到底今天早上是誰、在什麼時候最早發現牆壁上的便利貼不見了？」

有位臉上有墨的男生左右張望，最後默默地舉手。

「我想應該是我？我今天早上經過這裡的時候沒看到其他人在，發現變成這樣後大吃一驚，就拍照傳給同學看，然後其他人就陸續出現了。」

「是什麼時候的事？」

「等一下，我看看手機——」他翻出手機來。「有了，我是七點十五分拍下照片的。」

「有人早過七點十五分經過這裡嗎？」

我大聲問，沒有人回答。

「慢著，說不定牆壁在昨晚就已經被破壞了，也不一定是今天早上才被人破壞。」有人說。

「這件事問一個人就知道了。」

我笑了笑，呼喚正在對面大樹下清理落葉的王伯。

「昨晚？對啊，是我負責關大門。那個時候牆壁還是貼滿紙啦。」

「那今天早上呢？」

「也一樣啊，我來開門的時候這面牆還好好的，跟昨晚一樣。」

「你最後看到這面牆壁完好無缺是什麼時候？」

這可是很重要的資訊，但我很擔心王伯記不清楚確切時間。

「七點零五分吧。」出乎意料地明確的時間。

「你肯定？」

「我今天剛好趕上七點整打卡上班，拿了打掃工具就走到這邊來，大約五、六分鐘左右。」

「也就是說，犯人只有大約十分鐘左右的空檔來做這件事……」我喃喃自語。

「慢著。」杏子指著一開始舉手的男生。「如果他是第一個發現的話，不就表示有可能他根本就是犯人嗎？」

「不是我！」男生連忙否認：「如果是我做的話，我為什麼還要留下來拍照告訴朋友啊？」

「不用爭論啦，查一下門禁卡紀錄不就知道是誰那麼早就到學校來了。」

女班長提出，大家都紛紛點頭。我們學校用學生證做門禁卡，經過校門就會自動記錄時間了。

「呃嗯，我、我跟教育部有電話會議，這件事就交給副校處理吧！」怕麻煩的校長果然馬上就找藉口開溜，推給副校就逃跑了。

「各位同學，現在已經差不多到上課時間了，這件事就留給大人處理，大家先回教室。」副校只好這樣說。

「不行，」我反對。「這次的事件時間很關鍵，如果拖下去讓犯人有機會消滅物證，可能就沒辦法抓到他了。現在距離上課時間還有十五分鐘，去查一下門禁卡紀錄應該還夠時間。」

義憤填膺之下，受到學生們包圍的副校，最後只好順應民意。

「唉……好吧，那你們等我一下。」

「也請順便看一下有沒有人離開學校。」我提醒：「如果有人離開學校，那很可能是犯人把東西帶到學校外面扔掉了。」

副校聽了一臉恍然大悟的樣子。不過我猜犯人不會這麼做。畢竟早上都是師生到校上課，在這段時間逆流離開學校會很突兀。別的不說，要是剛好碰到老師，少不了會被叫住問話。就算編出什麼忘記帶東西的藉口，也會讓人留下印象。

大概五分鐘之後，副校回來了而且帶著一份名單。

「除了剛才說自己拍了照片的三年C班麥偉初之外，還有四位學生都在七點十五分前就進入校門。」他點名唸出了幾位同學的名字：「一年C班袁小婉、三年A班沈思哲、二年B班彭子芊和二年A班的馬歌真。可以說說你們到校之後去哪裡了嗎？」

有位微胖的女生立即舉手：「是，我在食堂吃早餐。」

看來她就是一年級的學妹袁小婉。

「那麼早福利社也還沒開。為什麼這麼早來？」副校問。

「我看錯時間了，不小心比平常早出門，就乾脆在便利商店買了早餐過來，一邊吃一邊溫習。」

「去食堂應該會經過這面牆壁，剛才問有沒有人比我早經過這裡時，妳怎麼不說話？」麥學長問。

「我沒特別留意時間，所以不確定自己是在七點十五分前還是之後過來。而且我那時候一邊走一邊看書，根本沒注意到牆壁有沒有異樣……」

一年級生才剛剛入學不久，跟梁老師應該不算是很熟識，大概沒二、三年級生那麼在意老師的事。不過看錯時間這種理由也實在可疑了點，她可是比正常上課時間早了一小時到學校來。

「沈思哲呢？」

「啊、嗯、是……是的，我今天比較早來。」瘦削的學長被副校點到名，緊張地回答。

「你這麼早來幹嘛？」

「沒、沒什麼特別的……就只是早了一點到校……」

這傢伙也支支吾吾得太可疑了吧。

「那你去哪裡了？」

「我直接往四樓的教室走廊去了……教室門沒開，我就一個人待在走廊滑手機等著。」

雖然他說自己沒有經過這面牆壁，但聽起來也沒有人可以作證。

「我來晨跑。」芊芊主動說：「不是田徑社要求的，是我自己加練，所以只有我一個這麼早。我在儲物櫃放下書包，就去操場練跑了。」

我們都知道她如果在早上練習，會直接穿著運動服到校，上課前才換回校服。

現在她仍穿著運動服，滿身是汗，手上還拿著毛巾和水瓶。

那麼她的路線也不會經過這裡，但同樣也沒有證人。

「我來清潔兔籠。」

歌真的答案在意料之內。她平常就習慣一早到校餵兔子，每週還有一兩日會特別早到，花時間清理兔籠。雖然我不太明白為何這所學校會像小學一樣有小動物飼養區，但那個畫面太和諧美好沒人介意。

從學校大門前去小動物區有兩條路，可以經過也可以不經過這面牆壁……

「我今天早上是從另一邊過去，沒有經過這邊。」她說。

看來也是沒有證人的狀態。

「振邦同學覺得犯人就在這四人之中嗎？」歌真一臉認真地問我。

原本我以為她說的四人是指芊芊、沈學長、袁學妹和她自己，但順著她視線看去，我才發現她指的是芊芊、沈學長、袁學妹和第一發現人麥學長。她自動把自己排除在嫌疑犯之外了。

「當然啊，偵探怎麼可能是犯人呢？」她笑咪咪地回我：「如你所說，那不是太不公平了嗎？」

不是，以推理小說來說「偵探就是犯人」的例子可多了。但我確實覺得歌真是犯人的可能性很低。她不是會為了吃我的章魚燒，自導自演來破壞大家心血和祝福的人。

到底誰會這麼壞心眼？

快到上課時間，到學校和跟著來湊熱鬧的學生也越來越多，副校終於命令大家回去教室上課。

順道一提，丘凌等到最後一刻才出現。我已經留意他好多天了，他經常都是壓遲到死線到校。在我交出告白信那天，除非他比平常特別提早到校，否則就不可能是共犯。

那天他到底是何時到學校呢？要是我也可以查看學校的門禁卡紀錄就好了。

我把目光從他身上收回，轉到桌子下的手機。班上一半人都在假裝上課，現在學校群組裡的討論可熱鬧了，甚至已經有人設置了匿名聊天室。如果大家做小組報告都有這個效率老師應該會感動到哭吧。

暫時大家都把嫌疑犯鎖定為今天早上七點十五分之前到校的學生，甚至有人提議，那五位學生直到放學前都不應該單獨行動，以示清白。

——我是一年級的，不太認識學長學姐。有沒有人能介紹一下他們啊？

果然已經有人問了。大家未必熟悉其他班級的學生，既然連基本資料都不清楚當然很難討論。

——先說一下，麥偉初不可能是犯人，我很清楚他的為人，他不會做這種事。

——你是那傢伙的朋友吧？我聽說麥學長相識滿天下人脈超廣，而且父親還是家長會成員跟校長很熟，我就知道一定有人跳出來替他說話洗白。

——不是這樣的，他真的很熱心，不會做這種事！

——袁小婉是那個，曾經參加過小學生廚神大賽上過電視的小胖妹吧？

——我有看過，綿花糖漢堡，人如其菜，最後還是輸了。

——彭子芊是田徑社的？

——芊芊是田徑社的「非毛腿」，跟我唸一次：「非．毛腿。」那雙滑溜溜的美腿，讚啦！

——如果有人敢超過她，她會用彷彿追殺情敵一般的氣勢追上來，很可怕。

——樓上試過？

——有沒有人認識沈思哲？三年A班沒人在嗎？

——不熟，只知道他美術社的。

——我是美術社的但也跟他不熟。

——很少說話，有點孤癖，平常倒沒什麼……就不熟。

——二年級的馬歌真是個子小小的那個美少女嗎？

——章魚燒。

——章魚燒。

——章魚燒。

——章魚燒。

嗯，看來已經是校園常識了呢。

——有誰聽說過這五個人中誰曾經跟梁老師槓上？

——梁老師是二年B班的班導，就是芊芊那一班，是不是發生過什麼？

——別亂說我們班跟梁老師關係很好！老師出事時我們班女生都哭了！

——對了沈思哲去年的班導也是梁老師，不知道有沒有關係。

——我記得麥偉初曾經歷史科考試不合格。

如果這就會結怨那範圍也太廣。果然，根本沒人說得出誰有顯而易見的動機。

於是大家都轉向推測那五個人在那十分鐘內的行蹤。

我卻更在意那堆消失的便條紙。因為這關係到「動機」。

如果，犯人真的是因為跟粱老師有什麼怨仇，看到寫滿祝福的牆壁就生氣，忍不住要趁沒人看到時動手破壞，那麼撕下來就夠了。

對，撕下來扔在原地。

會做出這種事的犯人難道還有公德心注意不要亂丟垃圾嗎？抱著大堆紙張扔去垃圾桶會有被看到的風險。如果犯人的動機只是「破壞」，撕下來的東西應該就會被隨意地遺棄在附近才對。畢竟，沒有學校會為這種程度的事情去報警，真的那麼做警察也沒那麼閒去掃指紋。留在原地對犯人沒什麼關係。

這就是我第一眼看到現場就注意到的不尋常之處。

犯人選擇冒著被發現的風險從現場帶走或處理掉那些寫滿祝福話語的便利貼，一定有某種原因，哪怕是要「帶回家去下咒」這種不理性的理由。

嗯，為何我會先想到這種怪力亂神的理由呢？難道我被表哥那通電話說的事影響到了？說歌真的高祖養母和我的高祖父之間捲入的是超自然案件……

我搖搖頭，先集中心思在眼前的事件吧。總之，如果能找到那些便利貼的下落，便有可能推敲出犯人的動機，反之亦然。然後就有機會抓到犯人了。

到底是丟到哪裡去了呢？

我環視教室，再望向窗外。假設犯人沒有飛天遁地的翻牆能力，只能從校門出入，而今天早上的門禁卡紀錄證明了沒有人離開過。

那就是說物證多半還留在校園內，或是在校園內被銷毀。但就算是燒掉也有灰，不管用什麼手段銷毀，也應該有東西留下來。

而且嫌疑犯也就只有從七點整校工開門，到七點十五分之間到校的五名學生而已。

然後直到剛才被副校點名的時候，五個人都確定出現在人前。從破壞牆壁貼紙到現身，中間搞不好有半小時之久。難道真的在哪裡把紙張燒掉再把灰燼沖進洗手間？時間上也不是沒可能，但不可能在校舍裡焚燒而不觸動火災警報器，在校舍外的話，飄起的煙也太明顯了。

假設犯人有什麼原因必須帶走那一大團撕下來的紙，又不想被人發現……他現在一定急著想趁沒被人發現前把那些東西帶離學校。除非他已經有信心，那些東西藏在沒人能發現之處。

我想了想，在熱衷於討論誰是犯人的匿名群組裡敲出了以下的訊息。

——不能輸給犯人的惡意，我們來重建祝福之牆吧！

不出所料，馬上就引來大家的熱烈回應。於是在課間休息的時候，不滿犯人所為的學生都蜂湧到牆壁那裡去。大家紛紛重新再寫一遍各式各樣的祝福，重新張貼在牆上，好不熱鬧。

我混在人群中，逐一辨別臉孔。歌真來了，芊芊來了，袁學妹來了。

「雖然不知道是誰，但那個提醒大家要重建牆壁的人，真是個好人呢。」歌真一邊把便利貼遞給我，一邊自言自語般說：「我也被提醒了，雖然很想找出犯人，但給老師的心意才是最重要的。」

歌真稱讚我！歌真稱讚我！歌真稱讚我！

輕飄飄的感覺和內疚感同時襲來，我只能尷尬地傻笑。對不起梁老師，事實上我這樣做仍然是為了抓犯人。

沒多久，第一發現人麥學長來了。剩下的沈學長卻遲遲沒看到，難不成……就在我開始懷疑的時候，瘦削的沈學長也默默地出現了。

果然，為避免自己缺席被懷疑是怨恨梁老師的犯人，五名嫌疑犯哪怕不是出自真心，也一定會來留言寫下祝福語。

我這麼做有幾個目的，第一，可以限制所有嫌疑犯的行動，這次課間休息必須要過來寫便利貼，待在眾人目光之下，沒有時間去偷偷處理證物。至少可以再拖延一下給我多一點思考的時間。

第二，如果犯人的動機真的是不想梁老師得到大家祝福，重建便利貼的祝福牆可能會讓他更生氣，忍不住再次犯案。

除了歌真跟我同班，另外四人都在不同的教室，我本來還擔心他們會趁上課時間用上廁所之類的藉口離開教室。但是看同學們不時飄往嫌疑犯身上的目光，就知道我根本不用擔心，他們早已成了眾人自發監視的目標。

「夠了沒有，真的不是我做的啊！」

袁小婉用力把便利貼貼在牆壁上，忍不住有點惱怒地喃喃自語。看來她終於受不了一直被人注視。

沉默的沈學長現在也顯得很不自在，表情很生硬。

「唉呀，早知道今天早上就再早一點來，說不定能當場抓住犯人呢。」

麥學長看來毫不在意，還一邊寫字一邊興致勃勃地跟身邊的朋友描述今天早上發現的情況。

「說起來今天已經是第四天了，不知道梁老師有沒有好轉……」芊芊一邊寫一邊嘆息。

「放心吧，大家誠心祈求的好事一定會實現的，既然大家都祈禱梁老師能康復，梁老師一定能醒過來。」歌真雙手合十地說。

五名嫌疑犯都沒有流露出焦急難耐的感覺，要不是犯人演技很好，就可能是真的不急著要處理證物。不妙，看來證物已經被毀壞的可能性很高。

課間休息的時間轉眼便過去，雖然牆壁還沒恢復昨天的壯觀盛況，但學生們也只得乖乖回去教室上課。應該會等午飯時間再戰。

所以我也必須趕在午飯之前推敲出犯人有可能藏起物證的地點……

「老師。」趁著這堂是柿子李的課，我舉手。「我想去洗手間。」

我甚至懶得裝肚子痛，正常狀態的柿子李果然沒有為難擺擺手就放行。

嫌疑犯們現在不能隨意離開教室，但我可以。所以我想趁機再走一遍校園，想想還有什麼我忽略了的可能性。

有沒有哪個垃圾桶被同學們遺漏了呢？或者有沒有別的方法將東西送出校園外

——例如裝在垃圾袋裡再整袋扔過圍牆，丟到校園外面？

我從走廊望向學校的圍牆，圍牆不矮而且上方有防盜刺防止攀爬。一大袋紙張說重不重說輕不輕，重點是如果用垃圾袋之類的包起來，除非壓得很結實，否則形狀不固定也就等於重心不固定。往上拋很容易會被防盜刺勾到袋子，要是掛在上面就尷尬了。

再加上體型體力的限制，至少歌真就不太可能辦得到。瘦削的沈學長看來也很難執行。麥學長和芊芊說不定可以。袁學妹就有點難說，她雖然矮但有點胖，說不定氣力夠。

經過樓梯的時候，我又看到了那扇被水泥堵起來的暗門。不管時間的話，把物證放在裡面再用水泥埋起來倒是個令人欣慰的完美手法。可惜時間不能倒過來。這次事件發生時，暗門早就被水泥堵住封好了。

而且要在早上上課前做這種需要特殊工具、材料和技術的事，也太張揚。

可惡，我到底忽略了什麼呢？犯人把牆壁上的便利貼和圖畫撕下來之後，到底藏到哪裡了？

我走到一樓的時候，看到裝修工人正在校長室進進出出。奇怪，這次工程範圍應該不包括校長室才對。

「只是更換冷氣機。」

校長本人不在，工人向忍不住好奇上前查看的我解釋。

「壞了嗎？」

「沒有，舊的會換到另一處用。這台新的功能多些，是高級貨呢。」

自肥喔……校長到底給自己換了什麼高級品？我好奇拿出手機搜尋品牌和型號，意外地發現這真的不便宜。再看看簡介，原來是有冷暖氣雙功能的變頻冷氣機，不只運作噪音低，還有醫療級淨化過濾空氣的能力。原來如此，難怪會特別昂貴，也難怪在冬天也不會降價促銷。嘖，就只給校長室換……

靈機一閃，我突然想到犯人可能用了什麼手法了！

於是我立即衝下樓梯。那東西現在會在哪裡呢？我今天早上明明曾經在現場看見過——

跑到事發地點，我左右張望，幸好那東西還在視線範圍內。我連忙跑過去檢查，不出所料，我找到了預想中的證物，而且狀況也跟我推測的一致。

沒錯，證物果然已經損毀了，難怪犯人不急著回來處理。

這樣的話，也間接證明了我推測的動機大方向很有可能是正確的。可惜的是，我還沒有足夠的資訊推測誰是犯人。而且如果我推測的動機正確，那麼連歌真也並非百分之百沒理由做這件事……

『我心裡已經有個人了。』

只要想起那天歌真曾經當眾說過的這句話，我就很難忽視這個可能性。

如果真的是她做的話，那、我該怎麼面對她？我應不應該揭穿她？還是我該「成人之美」？萬一、萬一……嗚，不行，停止！一往這個方向想我就會開始沒完沒了！現階段還沒有任何證據證明是五個人之中的誰做的，五個人都有可能！

如果真的要調查，那接下來就只能調查五個人的私生活，可是那太花時間了。

我看著手上的「物證」，決定反守為攻，利用它來抓出犯人。

我拍了照片，隨意地帶走了一片便利貼的碎片作為證物，其餘東西我都沒有動就放回原處。然後我連著那張照片，向五位嫌犯各自發出了一模一樣的私人訊息。

……更正，是「原本打算」發給五個人。事實是我把發給歌真的訊息留到最後，整段文字已複製貼上，我卻遲遲不想按下「送出」。

應、應該不會真的是她吧？所以其實我不發給她也可以吧？畢竟她是犯人的可能性比較低，發給她可能只會造成困擾——

「振邦同學，你看來很苦惱呢？」

歌真的聲音突然在我身邊響起，嚇得我差點把手機拋了出去。

「歌、歌歌歌歌真？」

好險連忙抓緊手機，幸好沒有按到「送出」。她剛才該不會已經看到我手機螢幕裡的字？

「妳、妳怎麼會在這？」

「我才正要問相同的問題呢。」她一臉無辜地說：「你跑出來太久了，老師叫我來找你。」

「可是，怎麼會派妳來？一般不是該叫男生嗎？」

我剛才用的爛藉口是去洗手間，起碼也該叫個可以進男廁的男生來找人吧？

「因為我說我可能知道你在哪裡。」她自豪地按著胸口說：「推理成功！」

「呃……那請問妳是怎麼推理到我在這裡？」難道她也已經發現真相？

「因為你想要這次贏過我得到我的章魚燒，很心急想破案，所以一定是回來現場調查的。」

嗯，難得還算合理的推理。雖然我的目的跟章魚燒完全無關就是。不過這麼看來，她顯然還不知道大家在找的東西其實就近在咫尺，因為她現在根本就沒注意過眼前的「那個東西」。

「那麼大偵探馬歌真小姐，請問妳的進度如何呢？已經發現犯人是誰了嗎？」

「嘻嘻，才不會這麼簡單告訴你。不過我已經聞到犯人的味道了。」

「是麵糰加醬油味的嗎？」

「才不是呢！」歌真鼓起了臉頰，假裝生氣的樣子還是很可愛。

為什麼我肯定她只是假裝生氣？因為下一秒她就笑起來了。

「總之犯人是誰已經呼之欲出，就讓我們在今天下課後解決這次的事件吧！」

「我很期待。」

她到底認為誰是犯人呢？畢竟也毫無頭緒，甚至還在煩惱歌真也有嫌疑。

但是，就在我跟歌真返回教室之後，我的手機就收到犯人的回覆了。

『午飯時間在頂樓等，想跟你談一談。』傳來這樣的訊息。

結果原來犯人是……那動機我就真的沒辦法猜，只能到時向犯人逼供。

不好意思了歌真，這回恐怕得讓妳請我吃章魚燒了。

*

好不容易等到中午，我匆匆趕到頂樓，就看到對方已經在等我。

「你、你說你找到了被撕下來的便利貼，你為什麼不告訴大家，要特地通知我？」

一年級的袁小婉學妹對我投以敵視和充滿戒心的目光。

稍早前我發出去的訊息是這樣寫的：我已經找到犯人想消滅的證物了，也採到了指紋。只要分析一下這些東西，就能知道犯人的真正目標是什麼了吧。

「妳覺得呢？」我用手指夾著那片碎紙晃了晃。

她顯得有點手足無措，但還是雙手插腰試著露出不好欺負的樣子。

「你只是虛張聲勢！哪有人會為了這種事去找什麼實驗室核對指紋？更不可能有人無聊到重組那些廢紙——」

「不好意思啊學妹，我的親戚之中剛好有人從事偵探行業，請他們幫個忙不難。」

我輕鬆地聳了聳肩。事實是，我整個家族都在從事這一行，而且我們在世界各地都有自己的科學鑑定實驗室，以減少犯人可以對證據做手腳的機會，甚至連警察都是我們的客戶。只怕我如實說出來她更難相信。

「少、少騙人了，你就算可以採到指紋，也沒辦法找到大家的來核對啊！」

「你們親筆書寫貼在牆上的便利貼都有你們的指紋，我只要收集你們幾個寫的便利貼就可以了。不然妳以為我為什麼要提議大家趕快重新張貼啊？」我微笑。

「嗚……」她憤恨地瞪著我，沒想到當時已經上了我的當。

不過，她確實是上了我的當，因為我是騙她的。我沒有真的去收集指紋，也沒有真的去找杜比實驗室幫忙。雖然如果我想的話的確可以，但我覺得應該沒必要做到那個地步，浪費大人的時間。

我這麼說只是為了讓她相信我已經抓住指證她的證據。

「至於妳為什麼要這樣做，只要等實驗室用電腦分析完碎片就知道了。每天都有人把牆壁的進化狀況拍下來分享出去，不愁沒有比較的圖像資料。人力做不來的功夫，超級電腦轉眼就能完成呢。如果公開問問大家應該會更快——」

「不！不要！」她焦急地大叫，隨即氣餒地垂下頭。「我、我認了，是我做的，請你不要再調查下去……」

唉，我也不是很想欺負學妹，特別是一臉可憐兮兮的女生。可是身為偵探就不能心軟！犯人畢竟是做了不對的事。她把大家對梁老師的祝福都糟蹋了。

「我、我不是故意的！我沒想過要破壞大家給梁老師的祝福！」學妹連忙解釋。

「我知道，妳原本只是想拿走自己想要的那些便利貼而已。」

她連連點頭，證明我的推測完全正確。

為什麼犯人在撕下便利貼之後不把殘骸留在原地？因為犯人怕大家會撿起來重新貼上，然後就會發現有什麼不見了。

如果只是不見一兩張大概不會引起注意，犯人會那麼擔心被人發現，恐怕是因為她帶走了不只一兩張，而且可能都有某種共通點，是很容易被人發現的共通點。

正所謂藏葉於林，反過來也是一樣的道理。不想被人發現自己偷走了什麼，只好連其他的也一併弄消失，讓人看不出來其實本來只想要其中幾張消失。

我裝模作樣地拿出手機。「實驗室說不久就會有結果，不過如果妳願意告訴我原因，我也可以考慮酌情處理。」

好了，到底她不惜驚動那麼多人也要帶走的便利貼上寫了什麼？是誰趁機寫了她的壞話上去嗎？還是說她跟危險駕駛的司機有什麼不為人知的親屬關係之類。

學妹沉默起來，委屈地低著頭雙手掐拳。說真的我有點擔心她會衝上來打我。雖然她比我矮，但看起來體重比我重……

突然她走到我面前，抬起頭來狠戾地看著我，該不會真的想打架？

「我、我喜歡沈學長！」她豁出一切大聲說出口，眼泛淚光。

剎那間，我恍然大悟，原因和動機，一切都說得通了，原來是這樣啊。

「人家只是想要拿到學長親筆寫的那些便利貼和親手畫的畫……那麼沉默寡言的沈學長，居然，會寫出那麼窩心、溫柔的句子，我好想要，人家好想要！」

學妹哭了起來。

「他還每天早上都會貼上一張親手畫的圖，太令人嫉妒了那個女人，如果被車撞就可以獨占學長的關愛，我情願被撞的是我！」

「同學，我覺得妳的戀愛觀有點扭曲了……」

不過我也鬆了一口氣。本來還有點擔心是歌真想收集某位「心上人」的簽名才犯案，幸好不是她。奇怪我怎麼就沒想過學妹也有可能是一樣的動機。是我對她的外表有偏見嗎？偵探可不能這樣，不能先入為主，以後我得更小心這些盲點才行。

「像你們這些俊男美女怎麼會懂！我有自知之明，像我這種胖女孩不會有人看上眼。才華橫溢又英俊的沈學長怎麼可能會回應我，我只能把這份愛留在心底。可是，可是人家真的好想至少得到些紀念品！哪怕本來不是為我而寫而畫的也好！」

那位沈學長算英俊嗎……好吧情人眼裡出西施，我不予置評。無論如何，這位學妹的執念有多強大我已經了解。

「總而言之，妳今天早上確實是特地提早來，就是想要從牆壁上拿走學長寫的便利貼和圖畫對吧？」

「我本來只是想要拿走一張，心想只是一張大概不會有人發現，會當成被風吹走了之類。可是既然拿了一張，就覺得再多拿一張應該也差不了多少……」

然後就把學長的墨寶統統都據為己有了吧。

「全拿下來之後駭然發覺那些空白處也太明顯，別人不說學長等等來張貼新圖的時候一定會發現的！心想應該要放棄幾張貼回去，可是、可是！」學妹悲憤地握拳。「實在沒辦法決定放棄哪一張啊！」

我暗自點頭。我懂，如果換成是我去拿歌真寫的便利貼大概也會這樣。

「於是妳就想到乾脆把別人的也都撕下來。可是就這樣丟在地上，又擔心等等同學過來會嘗試修復，萬一真的有人耐心到一張張攤平再貼上，就有機會被人發現。這時候，妳看到了那台能幫到妳快速解決問題的機器——」

校工王伯用來清理落葉的吹葉機。我記得今天早上它就放在其中一棵樹的下面，與便利貼牆壁相對。

「妳怎麼會懂得使用它呢？」

「我有位遠房親戚是有錢人，家裡有個大花園，我去她家玩的時候看她的工人用過……」

普通的吹葉機就是一台方便攜帶的風砲，單純把落葉和垃圾吹起來堆在一處再處理。但學校這一款，是在風砲外還連著一個袋子的多功能型號，可不是只有吹落葉的功能。

它不只能吹，也能吸，就是說能反過來當成吸塵器用。而且為了方便收集落葉，還有切葉裝置。樹葉被吸進去的時候就會被切碎再掉進收集袋，增加容量。

冷氣機不只吹冷風還可吹暖風，吹葉機不只能吹葉也能吸葉，現在連機器也要斜槓。

學妹就用這台吹葉機，把便利貼當成樹葉吸進去，便利貼全變成碎片藏在收集袋裡。今天早上大家把全校的垃圾桶都找了一遍，但沒有人想到就在眼前的這台吹葉機裡。

「妳把吹葉機放回原位，而妳只要把戰利品夾在書本中就可以了。雖然後來大家都打開書包給人檢查，但根本沒人想到要逐本書檢查。」

「既然你都知道了，我也認了，已經夠了吧……」她低聲說。

「妳不覺得對不起梁老師嗎？」我皺眉。

「有點……不，說實話很不安。可是我真的沒想要對老師不敬。而、而且，能夠救到老師的是現代醫學，跟這些字條又沒有真的關係，這不過是種迷信或者自我安慰罷了。我也很想老師快點平安康復出院，但光用想的寫的也沒意義，能救她的是醫生護士啊！」她瞪大眼自言自語：「對嘛，所以不管我做了什麼也根本不會影響到在醫院的老師病況，會覺得有關只不過是種迷信和心理作用啊。」

出現了，犯人的自我合理化。媽媽總是說要小心犯人的這種歪理。反擊的方法就是——

「那麼我問妳，要是被撞傷住院的是沈學長，那妳會摺千羽鶴嗎？妳會去祈禱嗎？會收集大家的祝福話語嗎？」

學妹面有難色，咬了咬唇。

當然她會。自我合理化不過就是雙重標準而已。

「我……我知道錯了，但不能做也做了！我是能怎麼辦啊？要是讓沈學長知道是我做的話，他一定會超級討厭我！如、如果是這樣——」

學妹突然雙眼放空地望向頂樓圍欄，然後轉身衝過去。我大吃一驚急忙追上前阻止。

「別阻止我！要是被學長討厭我寧願死了算了！」

當霸王龍想衝破圍欄，單憑我一己之力想阻擋是很難的。

「住、住手！妳這樣根本於事無補！」

「反正我又矮又胖！還是個自私鬼，竟然為了自己的慾望踐踏了大家的心意！我這種人渣活著也沒希望了！讓我死！」

「妳告白過了嗎？連告白都沒有就放棄也太快了吧？」

我好心相勸。她還真的拚盡全力想掙脫，該死她是認真的。

「反正告白了也一定會被拒絕！嗚嗚嗚嗚……」

花了九牛二虎之力，好不容易我才終於把學妹從圍欄拉回來。

「只、只要我不公開妳的名字就好了吧？」

我喘著氣，沒氣力了，無奈地做出妥協的提議。是說學妹妳為了健康著想，真的該減點重了。

「可以嗎？」她淚眼汪汪地哀求。「我答應你我會盡全力為梁老師祈福、祈禱、吃素許願什麼的我全都會去做，也會盡力幫同學重貼那面牆，我會盡力彌補的！學長你放過我吧！」

「唉……」我掩面重重地嘆了口氣，這根本是情緒勒索。

「我不奢望沈學長會喜歡我這種人，所以我根本沒打算向他告白。只要他不討厭我就行了。求求你吧學長！如果連這小小的心願我都、我都……」

「好好好，我明白了。」我投降。

沒辦法，說到一頭熱愛上別人的這種煩惱，我也能感同身受。可是這樣的話，我可以怎麼證明自己已經發現真相了呢？

就算沒法讓犯人公開承認罪行，至少也要留個犯人認罪的證明，錄影錄音之類的。

「我就先不去想學長為什麼會隨身帶著變聲器……」袁學妹用好像看見變態一樣的目光看著拿出迷你變聲器的我。「但如果還是有人從我說話的方式猜到是我怎麼辦？而且一看到我的身形就知道是我了！」

那就只錄音……啊不行，這根本沒有辦法證明說話者的身分。沒畫面的話，說是我自己用變聲器來錄音也沒差別。

「說到底學長幹嘛那麼在乎一定要向大家證明真相？該不會，那個說二年級有人用章魚燒來比賽誰找到犯人的傳聞是真的吧？」學妹一臉狐疑地看著我，突然掩面哭起來。「太過分了，原來學長只是拿我來當作輸贏的手段！我的戀愛和性命都還比不上章魚燒！」

「呃，當然不是——」

「那就是說學長不是為了章魚燒？那是為了什麼？」

「是為了真相！」

「嗯……該不會，是為了女生吧？對了，另外那位嚷著說會找出犯人的，好像就是那位個子小小又長得超可愛的馬學姐？」

我的表情一定已經出賣了我，因為學妹的神情立即改變，那是反守為攻的眼神。

「我懂！你也是單戀對吧？你也曾經像我一樣偷偷在牆角偷拍對方，或者跟蹤對方下課回家對吧？那麼努力想引起她注意，她居然還不知道，學長你跟我一樣都好可憐……我們是同志！」

誰跟妳是同志啊！不對，雖然我真的有跟蹤過歌真……但我有任務在身，才不一樣！

「我們是暗戀的同志，我喜歡沈學長，你喜歡馬學姐，所以你一定能明白我的心情，對吧？」

「別再說了，我答應妳不公開妳名字就是！」

沒辦法了，看來只能下樓去回收那袋被切碎的便利貼紙屑。本來我以為可以抓到犯人直接逼犯人公開認罪跟大家道歉，但如果不能公開犯人真實身分，那就只能出示證據。

我匆匆跑回一樓，正好看到王伯在整理吹葉機的收集袋，幸好趕得上！

「什麼？要看袋子裡的東西？我才剛倒掉，這個裡面是空的啊。」

王伯一邊說著，一邊打開正要重新安裝到機器上去的收集袋給我看。裡面果真空空如也。

「裡面的碎紙呢？你都沒看到裡面七彩顏色的碎紙嗎？」

我焦急地問。我以為他清理時自然會發現今天早上大家都在找的東西。誰知他居然看都沒看就扔掉。

「彩色啊……我看不到啦，我有老花和色弱。」

竟然！

「算了，到底是掉到哪裡去了？」

「唉呀，剛剛垃圾車來過，已經送走了啦。」

是有沒有這麼剛好！

太遲了，我這個笨蛋，一時自滿便大意，應該當時就把整袋證物帶走才對。雖然我手機有拍到照片，可嚴格來說，我知道這並不足以作為呈堂供證。

因為也有可能是我自己拿一堆碎紙放進收集袋裡再拍攝的照片，照片並沒辦法高清到能看到碎紙上寫的文字。

那跟我有一整袋實物在手不同，雖然便利貼被切碎但拿到手上大家還是能辨認自己寫過的隻字片語。

我苦惱地抓頭髮。唉，怎麼又這樣，明明都找出犯人了，卻又落入不能公開犯人身分的困局！是我太心軟了嗎？明明從小到大長輩們都再三提醒：十個犯人九個都有值得同情的動機，但身為偵探絕不能因此忘記自己揭露真相的使命。可是實際上面對犯人求情，要狠下心來拒絕原來這麼難！

我對可以克服這一切考驗的長輩們又多幾分尊敬了。

這樣下去，這次我不就只能再次認輸，請歌真吃章魚燒了嗎——

醬油的香味從回憶飄來，那雙泛著滿足笑意的可愛臉龐浮現眼前，還有帶著甜美味道的一聲「謝謝招待」。

嗯，仔細想想這其實也沒差。不知怎的期待與歌真一起去吃章魚燒的心情，都快要蓋過我有愧於家族期望的挫敗感。這真的可以嗎？高祖父會不會為我這個玄孫兒感到羞恥……

不不不，這都是為了靠近歌真，進一步打好關係，調查珍妮．瑪寶的事件！所以這次只是策略性的認輸！

沒錯，換個角度思考這反而是為了大局著想。玄孫兒我並不是輸給了厚顏無恥的犯人，並不是因為我想要跟歌真獨處才放棄掙扎的。當然這也不算是自我合理化……

手機震動。

——我剛聽到副校跟人講電話，好像是梁老師的情況突然惡化了！老師可能不行了！

匿名群組推送了這樣的訊息。這震撼彈爆炸的時間剛好差不多是學生們快吃完便當、雙手空出來可以滑手機的時候，所以回應的訊息一下子就如洪水泛濫了。

——是那個破壞祝福牆的人的錯吧！一定是這樣的，害我們給老師集氣的能量都消散了！

——別硬扯在一起，太迷信了。

——不然哪會時間這麼剛好？誰敢說一定沒關係？

——梁老師一定要沒事啊！

在爭論的訊息不斷彈出的時候，我突然收到一條來自袁學妹的私訊。

『果然都是我害的。要是老師真的救不活了，我也會去死。到時學長再公開真相吧。』

我傻眼地看著這條限時訊息，連忙回應叫她不要衝動。可是訊息已讀不回。而她剛剛的訊息也在十幾秒後自動刪除了。

天啊，這超不妙的，我爸也說過會情緒勒索的對手最難應付。何況這已經不是我公不公開真相的問題了，我只是準偵探，可沒有讓重傷者起死回生的能力啊！

結果因為這個消息，放學的鐘聲才剛響起，那面牆壁前就已經人山人海。大家都想以製作更壯觀的祝福之牆來表達對老師的關心。畢竟，大家也跟我一樣沒辦法親自去醫治老師也沒辦法為她做什麼，這是學生們當下對抗無力感的唯一手段。

也就是說，不用特意召集，相關人士也已經自動聚集到這裡來，也同時一起看到了某個人預先張貼在牆壁上的A４紙。

「我已經找到犯人了」這幾個圓圓的字寫得大大的，很難看不到。大家自然立即討論起來。

「都這時候就別再玩偵探遊戲了，給梁老師送上祝福才是最重要的吧！」

回頭一看，躲在人群後嘀咕的人原來是袁學妹，妳這樣不是心虛得太明顯了嗎？

「我覺得大家知道之後，再寫上祝福的心情會不同哦。這也是很重要的。」

在校裙外面套上了打掃用圍裙的歌真，出現在大家面前。有時看她早上打掃兔子籠的時候，也會穿成這樣。

話說回來，歌真到底會猜誰是犯人呢？嫌犯除去她自己就只有四人，她就算瞎猜也有四分之一機會猜中。萬一她剛好猜是袁學妹，不知道會演變成什麼混亂的狀況。袁學妹朝歌真射過來的目光混合著恐懼和憤怒的複雜情緒，萬一猜中我有預感她會當場爆發。

我悄悄地往袁學妹的方向靠近，至少一旦她失控我得想辦法制伏她。

「妳自己不也是嫌犯之一嗎？」有別班的學生很不識趣地對歌真反嘲。

「嫌犯什麼的大家一開始就搞錯了呢。」歌真笑著回應。

「別再賣關子了，到底是誰做的？還是妳要自首？」圍觀的人鼓譟起來。

「振邦同學，你是否也已經知道真相？上次你讓我先說，這次應該讓你先說才公平。」歌真轉向我，看起來胸有成竹的樣子。

我感覺到袁學妹哀怨的目光已經轉移到我身上。要是我把她供出來，就算她不做傻事，也大概會靈魂出竅變成生靈來詛咒我吧。

深吸一口氣，我小心翼翼地說明我的推理。

「我的確已經找到犯人，不過，因為某些原因，我不能公布犯人的身分——」

才說到這我已經被學生們的噓聲蓋過。

「要噓等等再噓，大家先聽他說嘛。」芊芊似乎很感興趣，主動制止大家叫嚷。

於是我說明大家都陷入了犯人撕下便利貼是為了破壞的盲點，並說明我如何從犯人沒有留下紙堆垃圾來推理出犯人的真正目的，是為了掩飾自己偷走了幾張便利貼。最後再說明我在吹葉機的收集袋發現已經切碎的紙張。

「犯人已經向我自首了，而且已經承認自己做錯，不過我答應了對方不能說出名字，所以……就這樣。」

聽了我的推理說明，大家沉默起來。

「聽起來好像有點道理。不過，你有什麼證據證明？」女班長皺眉問：「犯人的名字不能說，動機不能說，碎紙也已經被垃圾車送走，那我們怎麼知道你說的是事實？」

「沒有。」我只能攤開雙手坦白承認。「不過我的這個說法可以合理解釋到這件事。」

「所以犯人果然是最早到校的五人之一，是誰會想要偷走牆上的便利貼啊？」

「杜振邦會心軟答應犯人要求的話，應該是女生？所以是芊芊、章魚燒女或是胖學妹其中之一吧。」

「沒事幹嘛要偷拿別人寫的便利貼，會不會是三年級那個孤癖的美術社男生，基於什麼收藏的理由……」

不妙，大家果然更熱烈地討論起來，袁學妹朝我射來的目光就像想把我連皮帶骨吞了一樣。

「等等啊，我記得曾經聽說過芊芊好像暗戀跆拳社的王牌鄭柏軍，會不會是她去偷走柏軍寫的便利貼啊？」

不知是誰很白目地提起了這個最接近真相的可能性，害我冷汗直冒。

不好，不只袁學妹朝我射來雙倍的殺意，連芊芊也用同樣的目光望向我了。高祖父在天有靈，偵探果然是很危險的職業！

「歌真，振邦是這樣說，妳也一樣不能說出犯人的名字嗎？」美慧問。

「嗯……我想想，犯人們現在好像還沒有名字，不過應該很快就有了。」歌真給出了微妙的回答，可是她看起來不像開玩笑。

這次她拿出手機之後，很輕鬆就點出了音樂。那是近期熱播的動畫《第一次變魔法少女就上手》的主題曲，旋律可說是家喻戶曉。

「週四推理劇場，祈願牆消失事件．解謎篇！讓便利貼消失的犯人就在這所校園之內！」

她充滿活力地宣布之後，突然走到我旁邊，面向大家。

「那麼，請大家跟著我一起做，這是讓真相變得美味的魔法！」

「什麼啊？」大家一同發出不明所以的疑惑聲音。

「令真相變得美味的魔法，阿魯阿魯～～」她把雙手放在頭上裝作耳朵擺動：

「振邦同學，你也要一起做啊。」

「咦？」我張大了嘴巴。

「來，大家也一起做，不然沒辦法見到犯人呢。阿魯阿魯～～」

不可否認她做這種動作真的很可愛，但想也知道不可能有人跟著她做啦！

「這什麼鬼，她以為在女僕咖啡廳嗎？」

已經有學生忍不住嘲笑起來，另一些人就認真地抱怨和謾罵。

「無聊！梁老師生死未卜居然還拿這種事開玩笑，這個女人有沒有腦袋啊？」

「煩死了，快點叫她滾吧。」

這時候歌真那種我行我素的個性就會很明顯，她像是完全聽不到大家的批評，一心一意只想找人跟她一起做動作，而她現下最近的目標是我。

「振邦同學～～」她滿臉笑容地重覆示範，擺著手裝耳朵。「阿魯阿魯～～」

「振邦，妳不滿足她的話她是不會放棄的啦。為了盡快解決這件事你就稍微配合一下她吧。反正這種程度對你來說不算什麼。」杏子湊近我好心地提醒。

什麼叫這種程度對我來說不算什麼？不過現場確實瀰漫著一股等看好戲和想把歌真趕走的氣氛。杏子是對的，盡快了結方為上策。但，這是什麼羞恥 play 啊！

「阿魯阿魯……」我擠出平生最大的恥力，勉為其難跟著做。

歌真看到我跟著做很高興，接著雙手插腰扭動腰肢：「巴卡巴卡～～」

啊啊居然還有其他動作！可惡，我咬緊牙關豁出去：「巴卡巴卡！」

她帶著甜甜的笑容，用雙手擺出心形的手勢：「萌萌心動，讓真相變得美味！」

我用死魚一樣的眼神，跟著用雙手擺出心形的手勢：「萌萌心動，讓真相變得美味……」

鄭柏軍和美慧兩人都指著我大笑，可惡你們給我記住！你們這兩個忘恩負義的傢伙！

「疾疾犯人現身！」

「疾……等等這太超過了！」

「好的客人，這是你點的推理套餐。」歌真笑容可掬地說：「牆上的便利貼不見了，但是我們找過所有地方都找不到，所以犯人擁有可以收藏便利貼但沒人能看到的袋子。阿魯巴卡就有這樣的袋子，犯人就是阿魯巴卡！」

「阿魯……啥卡？」就算是我那顆聰明的大腦，也一時轉不過來。

「阿魯巴卡！」

歌真愉快地指向大家後方，一直注視我們的同學們回頭一看，都瞪大了眼。

毛茸茸，長長脖子，撥撥耳朵……三隻羊駝正悠哉地朝我們走來。

一隻白色一隻杏色加一隻咖啡色的羊駝，正用「你們人類在幹嘛」的表情看著我們。

「哪裡來的羊駝啊！」我忍不住抱頭大叫。

「好像是，有學生說只養兔子似乎沒什麼特色，校長買來了幾隻寵物羊駝今天早上送來的。但是沒有關好，牠們就自己跑出來了。」歌真若無其事地走過去，摸了摸羊駝的頭。「然後牠們就吃掉了牆壁上的紙。羊駝的胃袋可是大家都沒辦法找到的袋子呢。」

「犯人居然是羊駝！」芊芊震驚地說，同時也伸手去摸另一隻。

「對啊，所以這件事，純粹只是個意外哦。不是因為有人壞心眼不想梁老師康復啦。」

「原來如此。」

你們居然這樣就接受了這種解釋？一群人一邊摸羊毛一邊點頭是怎樣？你們的邏輯思維是被羊駝吃掉了嗎？

「等、等一下！就算退一萬步學校真的有羊駝，也沒辦法證明就是牠們吃掉了紙張啊！」

圍著三隻萌獸開心起鬨的學生，沒有半個人理我。

「振邦同學，看來這次也是我贏了呢。」

歌真手上不知道何時拿了一束牧草，正在輕輕揮動吸引羊駝的注意。

「才不是！犯人明明就是——」

「是？」她眨眨眼反問。

我把幾乎吐出的名字吞回去，回頭一看，只見袁學妹也跟其他學生一樣興奮地圍觀羊駝。我真的有必要為她保守祕密嗎？

「哇啊，牠眼睛好圓好大！睫毛好長啊！」

「毛摸起來好舒服啊。」

「原來草泥馬的叫聲是這樣的，好有趣！」

「嗯～～嗯～～」在校園離奇出現的生物發出了奇妙聲音。

「是羊駝啊，羊駝。」

「我記得梁老師很喜歡羊駝，要是她康復回來看到一定很高興。」

「我們快把叫聲錄起來給她聽！」

沒人理我。

有幾個三年級的學長大概想維持冷酷的形象，旁觀沒有下手，但是有一個同伴的行動顯然讓他們感到意外。

「思哲，你也對這種小動物有興趣？」

一向木訥的沈思哲正面無表情地對白色羊駝上下其手。

「嗯，我喜歡肉肉的軟綿綿的生物，就跟女生一樣胖胖的比較可愛。」寡言的男生一開口就語出驚人。

燒起來了！我看到袁小婉眼神中的鬥志燒起來了！

也好，至少我應該不用擔心她會做傻事……我總算可以鬆了一口氣。

冷靜下來想想，這三隻羊駝有可能是歌真自己付錢買來當作「犯人」的。既然她是家住金牛山豪宅區的富家小姐，並非不可能。看她平常就喜歡可愛小動物，這麼做的動機於公於私也很充分。

我從口袋拿出曾經出示給袁學妹看的證據，這是我手上僅有的物證。粉黃色的便利貼碎片上還能看到不知道哪位同學所寫的「早日康」和半個「復」字，重點是紙張切口非常整齊，這顯然是被刀片之類的東西切下來……咦？

我傻眼地看著手上的紙片，明明應該很整齊的切口，現在看起來竟是不規則的弧線還有撕裂的痕跡，字也像沾過口水化開了一點，就像是被什麼動物咬過一樣。

沒可能，中午的時候它明明不是這樣的啊！而且我一直把它放在我的口袋裡，除了我沒有人碰過它！

「嗯嗯～～」

有什麼溼溼的涼涼的東西碰到我的手臂，回頭一看，原來是褐色的那隻羊駝在聞我的味道。

「你、你想幹嘛啦……」

我一定是被那雙烏黑的圓眼睛迷惑了，忍不住伸手去摸牠。啊，羊駝毛原來是這麼軟綿的嗎？毛茸茸軟綿綿，這也太好摸了吧，糟糕手停不下來……

突然羊駝朝我伸了伸脖子，雙眼一瞇。

「吐──」

「……」

我只能及時閉上眼睛，然後就是滿臉的惡臭和黏糊糊的……羊駝口水。

*

「真是嚇了我一跳呢，沒想到羊駝會突然朝你吐口水。我在旁邊拿牧草吸引牠都沒理我耶。」歌真一邊吃著章魚燒一邊說。

這次我們去了學校附近的夢之船章魚燒專門店。跟上次一樣，也是我請客，買了就在店家附近找地方坐下一起吃。

「別提了，我一點也不想回憶起來……」

當然我後來有把臉洗乾淨，該說我都快要把臉洗到脫皮了。我到底做錯了什麼？一大群學生都有摸過牠，為何就只向我吐口水！

而且當我內心崩潰且手忙腳亂地從洗手間出來之後，我發現留著的那張紙片已經不知道在什麼時候丟失了。

算了，反正已經沒人在乎……

「那三隻羊駝到底花了多少錢買？」我嘆一口氣，咬了一口章魚燒。

「不知道呢，想知道的話要問校長吧。」歌真想也不想就回答。

那我懂了，是馬家捐款給學校再讓校方去買的吧。有錢犯人的手段……咦？

我突然靈機一動，想到了什麼。

珍妮·瑪寶雖然在當時是與我高祖父齊名的女偵探，但是並不富有。杜比家本來就是貴族，珍妮·瑪寶在成名之前就只是個村姑，而且她好像也沒有靠偵探的工作賺取什麼回報。

她並不是有錢人。

當然，她的養女的後代也有可能靠別的方式致富。但我忽然想到，難道當年珍妮．瑪寶帶走的與謎案相關的重要物證，真的是某種寶物？

因為不想與我的高祖父共享那件寶物，所以情願悔婚取消婚約，又因此讓養女繼承了能流傳至今的財產。當年如果她嫁入杜比家也算是嫁入豪門。莫非那真是什麼驚人的寶物，能把杜比家的財產和名譽都比下去？

我突然覺得這個假設越想越有可能。

不過，即使真的有這種事，恐怕歌真就算真的是養女的後人也未必知道。該如何旁敲側擊才能打探到這些事呢？

「妳很喜歡看劇集吧？最近在看什麼呢？」我盡量用閒聊的口吻打開話題。

「最近在看《章魚遊戲》，你有看嗎？劇本還好啦但真是超級刺激的說！到底鮭魚洄游拔河是哪一邊勝出呢，實在太令人在意了！」

「呃，我對生存類的沒太大興趣，有沒有什麼劇集是關於傳家之寶的？」

「我想想……那應該是爭產或者靈異故事類別……」

她還真的很認真在回想，我不得不中斷她的腦內搜尋。「其實我家就有一件傳家之寶呢！說不定也很適合當故事題材。」

「真的嗎？是什麼傳家之寶？」她果然立即就被我挑起了興趣。

「高祖父的禮帽。」

「帽子……為什麼帽子會是傳家之寶呢？」

「聽說高祖父會用它來表演變出烏鴉。」

「你高祖父是魔術師？不過我以為一般都是變出鴿子或兔子呢。」

「他好像喜歡用這戲法來向朋友說明很多看似不可思議的事其實都只是把戲。」

——無知者的自大。

我愣了一下，剛剛是誰說了這麼失禮的話？抬頭看看歌真，不，剛剛的聲音不是女聲。我左看右看，卻不見附近有人。幻聽了？錯覺？

「那麼妳呢？妳家會不會也有什麼傳家之寶？」我連忙追問歌真。

她挑了一顆章魚燒放進嘴巴裡，一邊咀嚼一邊閉目皺眉認真思考。整整一分鐘之後，她像終於有了結論般睜眼「啊」了一聲。

「明明上次那家比較貴，但果然還是這家的章魚比較新鮮！」

「是啊……」我無力地回應。

「抱歉，一不小心就被章魚燒分心了。」察覺到我失望的語氣，她連忙說：

「我再想想，傳家之寶……嗯……完美的英式奶茶沖泡法，這個算嗎？」

這種東西應該不會是什麼消失的證物，聽起來也不會致富，除非馬家是開手搖飲料連鎖店的。

是說妳家傳祕方是這個妳都不懷疑自己祖上是英國人嗎……

我在內心嘆了口氣，決定暫且先把這件事放一旁，就單純地享受一下與歌真一起吃下午茶的時光。

因為，我覺得歌真可能真的什麼都不知道，再向她打探也沒什麼用。如果要調查的話，必須要換個方法。

可是仔細一想，偵探如果要認真調查，就等於要不擇手段刺探目標的隱私，很可能會讓她討厭我。我真的該為了那種考古謎題，冒著讓心儀對象討厭的風險嗎？

單純考慮我自己立場的話，其實只要討歌真的歡心就好了，其他的管他去——

手機不合時宜地響起。

「抱歉我接一下電話。」來電顯示的名字讓我有種不好的預感，我只好起身離開接聽。

「姑母，好久不見——」

『中止調查。』電話中的女聲劈頭就這樣說。

「呃，中止什麼？」

『你們這些小鬼還真的以為我們大人不知道你們在做什麼？』

一聽到秋燕姑母嚴厲的聲音，她那張總是嚴肅沒笑容的臉就浮現腦海。我小時候很怕她。連已經在日本大學當副教授的堂哥都會被他叫做小鬼，就知道我對她來說只算是個還在吃手指的嬰兒。

「別擔心，我沒有做什麼讓人困擾的事啦……」

我以為姑母是擔心我不知分寸，打著調查的名義騷擾根本不是什麼正式案件關係人的女同學。

是說她打電話來之前我本來就在考慮放棄調查了。

『我等等就會去教訓阿學和阿傑兩個，居然把還在念書的你拉下水，真是太離譜了。總之，不准再調查「奧古斯都的遺憾」。學生的義務就是好好念書，當偵探等你畢業再說。』

妳誰啊，我爸都沒管那麼寬！我忍耐著反駁的強烈衝動，努力擠出對長輩的尊重：「其實我們也沒做什麼啦，只不過就討論一下——」

『遠離那個叫馬歌真的女孩，不要再嘗試去調查馬家。』姑母直接說出了歌真的名字，等於警告我她早已掌握我們的狀況。

讓人討厭的大人口吻。

「就算妳這樣說，她可是我的同班同學，是要怎麼遠離——」

『我會叫你父母替你轉學。』

我瞬間火大了。

「不好意思，姑母，我念哪所學校好像不關妳的事？」

『我這是為你好，這不是你們能摻和的事。』

這句話讓我警覺起來。

「姑母這樣說，我可以假定你們大人其實對高祖父那件事，已經掌握了什麼嗎？」

正如堂哥和表哥所言，杜比家每代年輕人都會嘗試調查那個謎題，所以我爸那一代人在年輕的時候就曾經調查過且知道了什麼，是很有可能的。搞不好，從上一代身上打探出相關線索，也算是家族內的偵探考驗之一。

『別想從我身上套話，我說過了，不准再討論這件事。』

「這不是太奇怪了嗎？身為杜比家的後人，豈有面對謎題轉身逃避的道理？」

姑母沉默了半晌。

『這世上真的有不可思議之事。』

我差點以為自己聽錯。雖然姑母在結婚前是個靈媒偵探，但據她自己所說通靈只是一種心理學，她是以廣博的學識和推理解決諸多委託，怎麼會說出這種不像偵探說的話呢？

「姑母，如果妳知道了什麼，請告訴我吧。」我誠懇地問：「妳這樣說只會令我更好奇。」

『智慧和推理也是有極限的。面對沒能力解決的事情，偵探應該要按著理性以迴避危險為優先。』

「我不明白妳的意思……」

『我的塔羅占卜得出了逆位的「世界」。』她凝重地說：『總之，聽我勸，忘記這一切吧。這不是激將法，我是真心擔心你的安全。』

掛掉電話後，我偷偷回頭看了一下歌真。輕鬆地品嘗著章魚燒的少女，完全不曉得我們剛剛的對話內容就是圍繞她本人，半點緊張感也沒有。

秋燕姑母不是會開玩笑的人，為何會緊張到不只要我中止調查，甚至要我遠離歌真呢？我心中的疑問更大了。

不過這麼一來，我反倒更想調查清楚馬家的事。不是為了堂哥表哥，是為了我自己。到底因為什麼原因害我被長輩阻止我與喜歡的對象交往？就算是羅密歐與茱麗葉，好歹都還算有個家族世仇之類的明確原因啊。

「振邦同學？有什麼事嗎？」

「剛剛朋友有急事叫我現在去找他。妳接下來要去哪？如果順路的話我們可以一起走。」

「但我家在金牛山那邊有點遠……」

「真是太巧了我也是那個方向，那我們現在就叫計程車吧。」

我連忙趁她來不及反悔就先叫車子。

結果車子一到，我就看到司機那張蜥蜴臉在朝我笑，我開始懷疑這司機是在跟蹤我。

計程車朝金牛山一路前進，駛進寧靜的半山區。這一帶都是私有土地，各有不同設計的獨幢大宅。最後計程車停在一個類似植物園的大門前方。圍牆內的樹木又高又茂密，門後的路彎向樹林後就消失不見，完全擋住了，根本就看不到裡面有沒有建築物。

「我到家了，那麼明天學校見囉。」歌真留下甜美的笑容，跟我道別下車。

目送她步入花園後，我請司機開車繼續走，但是沒走多遠我就再次開口說：「司機——」

「哼哼，是要回去剛剛那女生的家吧？」司機帶著爬蟲類般的笑容搶先說：「別以為我沒看到你剛才做了什麼，我一直用後照鏡注視著你，一秒也沒離開過。」

「這真的太嚇人了，在駕駛安全的問題上！」

「可以一隻眼看前方一隻眼看後方，才稱得上是專業的計程車司機。」

原來你是變色龍不是蜥蜴，對不起我搞錯了。

「雖然猜到你是想要追女生啦，但這麼做基本上我可以報警啊同學……」

「你也太多管閒事了吧！」我惱羞成怒地說：「明明上次都已經多付給你小費了——」

「哪有？你是第一次坐上我的車。」司機把車子調頭，聳聳肩。「你是把我跟我的攣生兄弟搞錯了吧，他也是開計程車的。」

仔細一看，車頭的裝飾物的確不同。

「所以我從來沒收過你的小費啊，不明白你是什麼意思。」他那個充滿暗示的笑容跟他的孿生兄弟一樣欠扁。

於是車子再度停在剛才的大門外，我下車了也同時失去比預計要多的調查費用，可惡。

站在那道門面前，我深吸一口氣。雖然這麼做很容易會破壞歌真對我的好感度，但作為一名準偵探，怎麼可以為了兒女私情放棄調查呢？好感度可以再刷，但找出真相的機會卻不常有。

按下對講機。

『振邦同學？你怎麼折返了？』

歌真的聲音從對講機傳來，大概是從鏡頭看到我。

「妳的學生證遺漏在車上了，剛好我被朋友放了鴿子，就順便回頭拿給妳。」

我拿著手中的學生證甩了甩。這當然不是她大意掉下的，而是我使用了杜比家的祕技。

紳士借用一下之術！

能在目標沒察覺的情況下借用證物的手法，是偵探的必修技能之一。

那個司機居然說要去報警實在無知。要知道，這個奧義的重點在於「借用一下」，偵探是一定會還回去的，怎麼能跟有借無還的賊相提並論呢？

『咦咦？我真是大意呢！可是我現在不太方便……也許可以明天早上在學校門口給我？』

如果想增進好感，我應該答應就走。但為了調查，就只能更加厚面皮一點。

「可是我剛好也人有三急，能不能夠讓我借用一下洗手間？」

『嗯……』

「拜託妳，我真的很急。」

『那……好吧，不過要麻煩你自己進來呢。』

大門打開了，我終於順利進入馬家的範圍。

花草樹木茂密得有點過分，簡直像野林，甚至連通往房子的道路都因此顯得有點狹窄。一路走著，我彷彿聽到有什麼東西在樹木之間穿過的聲音。我首先想到的是狗，這麼大的地方說不定養了不只一隻看門犬。我有點擔心會被當成入侵者攻擊，但最後還是什麼也沒遇到。

沿路穿出樹林，我終於看見一幢很典型的英國鄉村風紅磚兩層大宅，旁邊還有個小湖。我頓時覺得自己像穿越到了歐洲，這根本一整個就是英式小莊園！

妳的住處長這樣妳還說不知道自己家跟英國人有沒有關係？

馬家看來真的很有錢。房子本身不算大，可是包圍房子的花園卻占地很廣。這種奢侈比興建大房子更誇張。

來到房子前面，而我差點就按下門鈴。但是一轉念我把手放到門把上去，忽然想試試它會不會根本沒有鎖。

可是就在我的手觸碰到門把的時候，一股冰冷的寒意就竄上我的背脊。媽媽常說這種能感到「危險」的直覺對偵探來說也是很重要的，這時候我就像親身明白了這句話的意思。隔著一道門，我彷彿能感應到門內有什麼可怕的東西。我根本不該試圖扭動門把——這樣的感覺。

就在我以這樣的姿勢僵住的瞬間，門突然被人從裡面打開了。

「對、對不起，等很久了嗎？我剛好在泡澡……」

給我開門的是歌真本人，頭髮還溼答答地滴著水，手上拿著毛巾，身上穿著淡黃色的居家服——有點像介於睡裙和便服之間的寬身長T恤，胸前印著一隻大大的卡通黃色小鴨。

香皂和洗髮精的味道隱約飄來，她整個人都散發出一種甜美和彷彿不存在於世上的閃亮色彩。

「振邦同學？」

她一邊叫著我的名字，一邊伸出手來。咦咦？天使是要來帶領我進入閃閃發亮的天堂嗎？

就在我差點想伸手握住她的手的時候，聽到她問：「學生……證？」

理智瞬間回歸，我希望她沒發現我把學生證放到她手上的時候神情有點尷尬。

「洗手間往這邊走左轉。」

「謝謝！」

我連忙按她指示的方向走進去。

一定是因為先入為主看到這麼傳統的英倫風房子，我下意識就先想像歌真穿著同風格的古典打扮，沒想到居然是這麼……輕鬆隨意的居家服，也跟平常看慣的校服打扮相差太遠，對我來說這反差萌視覺衝擊有點太大，才會一下子理智下線。不過真的……

好可愛，真是可愛到犯規了啦！

在洗手間用冷水洗了臉，我拍拍臉頰冷靜下來，提醒自己到底是來做什麼的。

現在成功進入馬家的房子了，接下來就是想辦法見見她父母或家人，打探資料。居家住處也會洩露很多個人資訊。其實光是剛才穿過客廳進入洗手間這短短一段，看到的全是非常傳統的鄉村風格室內布置，就已經讓我覺得要確認馬家上一代是從英國搬來的這件事應該不難。

先想好要是見到歌真的父母怎麼打招呼，第一印象非常重要。如果順利，搞不好還會讓她父母留下來吃晚飯，一般都是這種展開的吧。

回到客廳，歌真不知道跑哪裡去了。我連忙趁機打量室內的環境。跟房子外觀一致的鄉村風格，用了很多溫暖色調的布料和木製的古董家具。牆上掛著一些風景油畫和抽象畫，不過我一張也認不出來。

只有畫，沒有照片。一張照片也沒有，也沒有人像畫。

這是為什麼呢？如果是重視傳統的家族，一般都會有照片才對。

於是我再次轉向那些裝飾畫，特別是其中一張比較大的風景畫，畫中是一個平靜清冷的湖，卻不像是房子外面那個。由於博物館藝術品是怪盜下手的熱門目標，所以藝術品鑑識也是杜比家偵探的必修基本課之一。既然認不出來，就應該不是什麼大師的傑作或模仿品了。

可是不知道為什麼，看著這張不算畫得特別好的油畫我內心總有種說不出來的臨場感，總覺得好像在哪裡看過類似的風景。

「不好意思，家裡剛好沒有茶葉了，只有這個……你要嗎？」

歌真踩著拖鞋走過來，她手上拿著一罐冰的可樂。

我道謝接過，開始越發覺得疑惑。首先這種有錢人家庭，配置兩三個僕人也不意外，起碼至少也會有一個吧？沒理由要千金小姐自己跑出來給我開門。

然後我也以為我會看到她的母親或是僕人泡茶招呼客人，就是典型的英國人做法。可是，卻是歌真跑去冰箱拿可樂給我？

「真的不好意思，突然打擾了。冒昧跑進來，我是不是應該跟伯父或伯母打個招呼比較好？」

「啊？嗯，不用啦。」

歌真好像有點不太想回答，我還是第一次看見有話就說的她這個樣子。可是，作為偵探不能心軟。

「我打個招呼就會走。畢竟是有『一廁之恩』，用了就走也太沒禮貌。」理由爛不要緊，最重要的是臉皮夠厚！

即使她說父母都不在家外出工作，也可以趁機打探一下是什麼職業或公司。

「真的不用啦……我就……自己一個人住。」歌真小聲地回答。

這次我真的愣了一下。

「是在外國工作嗎？」

「呃，總之，就是只有我在啦。」歌真露出微微的苦笑，稍有常識的人都知道不該再追問下去。

不管是什麼原因，反正一定是不愉快的理由。腦海瞬間閃過豪門分房爭產私生子什麼的種種可能，我的心揪痛了一下。

「咳，其實我父母也是一年沒幾天在家，我也跟一個人住差不多。」我連忙喝了口可樂，轉換話題。「不過這房子真的很漂亮，是很正統的英倫風格呢。」

「我就喜歡這種鄉村風格，感覺比較自在舒服。」聽到我讚美房子她似乎又再次開心起來。

「不知道是不是因為祖先是法國人，我對法式家具總是有種親切感。妳有沒有想過自己喜歡這種英國風格，可能也有什麼原因？」我強烈暗示道。

「嗯……」她想了想。「因為這房子有點像是迷你版本的《額頓莊園》？」

好哦妳連選房子的理由也可以扯到電視劇。

「這房子太厲害了，可以帶我參觀一下嗎？」沒找到珍妮．瑪寶的線索我是不會退縮的！

「現、現在有點不方便。」可能沒想到我會如此厚臉皮直接問，她好像嚇了一跳，慌忙說：「其他房間沒有收拾，很凌亂……」

「那我可以參觀一下廚房嗎？我對傳統的煮食用具很感興趣。」

很少人會拒絕這種要求，畢竟廚房感覺上沒書房那麼私密，很多喜歡做菜的人還會很自豪地介紹各種用具。從廚房開始打破屋主的防範心！這是媽媽教的祕技。

「沒什麼特別值得看的！而且，現在，呃——」歌真有點尷尬地越說越小聲：「只有我們……」

啊。

啊啊啊啊啊——！

我如夢初醒，終於發現驚人的事實。現在只有我和歌真兩個人共處一室！

不，豈止共處一室，是獨處一屋，連同花園的話，根本是叫破喉嚨都沒有人會聽到的範圍內就只有我們兩個？

糟糕，我剛剛還一直賴著不走會不會被她誤以為我有什麼不軌企圖？

「也、也也也也是呢，哈哈哈我真是的，也太不細心了。抱歉我這就告辭，明天見！」

慌忙揮手告別後，我站在關上的大門外，忍不住雙膝一跪搶地——在內心大聲哀號。

完蛋了，我要被討厭了吧？

果然，調查和刷好感兩件事會互相矛盾，選擇了繼續調查的我應該早就知道會有這個下場。

我垂頭喪氣地沿著來時的路離開。

*

男同學離開後，少女閉起雙眼，如釋重負地鬆了一口氣。

房子終於恢復平常的寧靜、空虛、只有她一個人的狀態。

她轉身穿過走廊，進入一間沒有窗戶也沒有燈光的全黑房間，關上門。

幾十個方格狀的光芒隨即相繼亮起。從地板到天花板，許多台螢幕以半圓的方式堆在少女面前包圍著她，各自播放著不同的劇集。時裝劇、古裝劇、愛情劇、動作劇、悲劇、喜劇……各種各樣。

少女抱著軟墊在地板坐下，面無表情地睜大眼。各個螢幕的亮光倒映在她的大眼睛裡變成許多不同的跳動光塊，彷彿昆蟲的複眼似的。

幾十條不同劇目的語音，像許多人在同時低語一般交織在一起，填滿了房間。

空氣凝滯著。

推理什麼的
不重要啦
你要吃章魚燒嗎

第四章

藍色水球事件

一群女生待在網球場外大呼小叫，我不用看就猜到是誰在場內。

果然，是二年級的阿龍學長。不過是接個殺球，那些女生就尖叫起來，還拿手機瘋狂連拍。明明那傢伙的球技就不怎麼樣，不過是長得帥。

可惡。

「呀，一年級的，今天也拜托你了。」

他笑著用毛巾擦擦汗，就離開網球場，又把收拾場地的工作丟給我了。而且連老師也對這件事視而不見，實在太可惡了！

可惡！

學長離開，女學生們也跟著消失，剩下我一個在無人的網球場收拾。我肩上掛著撿球籃，雙手推著自動發球機，暗自抱怨父母給我的基因。

明明我球技就比學長好，那些沒腦袋的女生就只會看臉，完全是把我當成了透明人。

我抬頭嘆息，剛好看到天空中有個氣球飄過。低頭看看手邊的一堆黃色網球，我突然靈光一閃想到什麼。

氣球，網球。

如果成功的話，那會多麼有趣呢——想到成功的畫面，我就忍不住笑彎了嘴。

*

「然後我就收到姑母寄來的這個項鍊。」

我拿著項鍊在學校頂樓的陽光下細看，刻在扁平晶石上的是我們杜比家的家徽，只是不知道為什麼方向橫放了。

「說是有加持過可以保護我。姑母是怎麼了，結了婚之後反而越來越怪力亂神了嗎？我記得她老公只是個舊書商？」

『杜比家的家徽也確實算是種保護，有麻煩的話向警方出示就好。不過如果是被控非禮女同學之類我希望你不要報上家門……』

「我才不會做那種事啦！」

『開玩笑的。』電話中傳來表哥的笑聲：『不過根據你送來的地址，就能進一步證明馬歌真與珍妮．瑪寶有關了。』

「原因？」其實阿學堂哥都還沒跟我透露過他懷疑歌真是女偵探後人的證據。

『珍妮．瑪寶死前在美國紐約買下了一個房產給收養的女孩，那女孩將房產轉入一個私人基金會。那個基金會後來一直默默投資似乎賺了相當多錢。』

「該不會歌真現在住的房子，就是那個基金會名下的房產？」

『包括土地。』

「可是堂哥起初是怎麼查到歌真身上的呢？」

『就是查那個基金會。抽絲剝繭的過程我就先跳過。總之那個基金會支付了一筆你們學校的學費，再附加一筆捐款讓學校可以維修和擴建。你猜是給誰的學費？』

就是歌真吧。我揉著開始刺痛的額頭。

這就是說，我一直試探她到底跟珍妮．瑪寶有沒有關係的問題，她並不是聽不懂，只是在我面前裝傻迴避作答。

我把我推測女偵探當年帶走的證物可能可以致富這個推測告訴表哥，他聽了沉思了一會。

『我這邊也調查到一些新線索。當年的「巴黎歌劇院離奇死亡事件」，涉及被勒脖子吊死的演員、劇院下的神祕地洞、隱藏其中的怪物以及一份神祕歌劇手稿……』

「我姑且再確認一次哦，你說的真的不是《歌劇魅影》？」

『不是，我這邊的線索主要是從某所大學的圖書館找到的。』

如果女偵探帶走的是什麼稀有的歌劇手稿，那確實能夠拍賣很多錢。不過要靠這種東西致富，恐怕也早就已經賣掉了吧，還留在馬家的可能性很低。

『那麼，被長輩關切之後你決定怎麼辦？』

我嘆氣：「表哥你呢？」

『阿學最怕秋燕姑母，好像是答應了不再過問。反正他最近也在忙著日本警方委託的案件。我嘛，雖然可以把姑母的話當耳邊風，但接下來也有事情要忙……有人邀請我去深山的大宅參加晚宴，按經驗應該會有段時間沒法跟你聯絡吧。』

多半會發生什麼案件然後因為暴風雨什麼的被困在深山之類，最好不要心存僥倖。

「辛苦你了。」我由衷地說。這就是身為專業偵探的命運。

『你都已經到了會談戀愛的年紀了。是要聽長輩的話中止調查，還是繼續，我覺得你應該可以自己做決定。好好想清楚吧。』

掛掉電話之後，我再次長嘆一口氣。

認真想想，當初我會被歌真吸引就是她那總是天真無邪的笑容。但是愛笑的女生也有很多，為何我就只有被她吸引呢？

即使現在明知道她應該有什麼難言之隱，也沒有對我說出真話，我還是不覺得她那種天然的笑容有半分虛假。這很奇怪，仔細想來根本矛盾。

那是真實的笑容，但是，確實好像缺乏了什麼。倒不如說，就像缺乏了什麼才會真實到近乎透明，這當中有某種令我忍不住著迷的東西。

通常會令偵探沉迷的東西不是謎題就是犯罪事件，我都要開始懷疑自己一開始對歌真的感情是否動機不單純了。

總之，現在怎麼可能中止調查！

話雖如此，我也不敢把姑母寄給我的項鍊隨便處理，只好套在脖子上。陽光射在晶石上反射出令人暈眩的光芒，彷彿切過空氣，突然閃現奇怪的影像和聲音。

毒霧濃罩街道、驚恐奔跑的人群、呼嘯的槍聲、慘叫、被子彈射中的男孩、滿地鮮血……

我連忙伸手抓住欄杆站穩，幻覺來去無蹤，我卻嚇出一身冷汗。再抓起項鍊來看，卻沒有再發生什麼奇怪的事。

姑母到底寄了什麼東西給我啊！

「啪！」

我聽到一聲奇妙的聲音，不是很響亮，應該說如果不是剛好正處於受驚嚇而警覺的狀態，我大概也不會注意到。

「啪！」

又來了，是什麼聲音？我靠近頂樓圍欄往下看，嘗試尋找聲音的來源，但始終沒有發現。

倒是校舍另一側的一樓傳來喧譁聲，只見很多學生圍著羊駝和一位坐在輪椅上的美女。隱約認出是誰，我大吃一驚立即跑下樓。

「謝謝，謝謝大家，大家的祝福我都有聽到，你們寫的東西我全都看了。老師很感動。」

我沒看錯，原來真的是梁老師！

「你聽說了嗎？據說梁老師是因為聽到學生的錄音說學校來了三隻真的羊駝，就從昏迷中醒過來了，還飛速康復出院。」

「不愧是有名的羊駝控，會為了吸羊駝而從奈何橋走回來的女人。」

「今天她也不是回來上課啊，就只是來看羊駝而已。病假好像還有兩週呢。」

聽到附近學生的對話，我有點無言。不過無論如何，人沒事就太好了。梁老師看來有點虛弱但精神還不錯。

回頭望向貼滿便利貼的牆壁，既然訴求已經達到，大家應該很快就會自發清理這面牆壁吧。這次是真的清理，不再是被人偷偷撕掉了。

更不會是被羊駝吃掉！隔著圍觀人牆，我猛然瞪了曾經朝我臉上吐口水的羊駝一眼。

我肯定那隻羊駝看到我了。因為牠回看了我一眼之後，居然很故意地把頭低下來往梁老師身上（特別是酥胸一帶）磨蹭。

「唉，毛茸茸的好癢，哈哈哈，好可愛唷。」

放開老師！不可以色色！你這頭臭羊駝！

「振邦同學，請投票！」

歌真的聲音在我身邊飄過，她輕快地拍了拍我的肩，就拿著牧草朝羊駝走去。

投票？我打開手機一看，原來學生會發起了網上投票，票選三隻羊駝的名字。那一隻白色、一隻杏色和一隻咖啡色的羊駝，將會從學生提供的名字中選出一組。

（A）香草、焦糖、巧克力

（B）白板、天花板、地板

（C）雪雪、杏杏、突擊型超爆臭口水自走砲台

……

（J）未熟的章魚燒、剛烤好的章魚燒、烤過頭的章魚燒

好極了一看就知道哪組是歌真提供的。

我想也不想就按下J，反正那三隻草泥馬叫什麼名字我都不在乎，只要歌真開心就好。

＊

原來梁老師康復了昨天還曾經來學校，難怪昨天都沒人過來這邊。大家都過去

湊熱鬧了吧。

當然，沒有人來通知我，我還是看到學生會的消息才知道。我這種邊緣人就是這樣，大家都知道的事，我永遠都是最後一個才知道。

那天看到天空的氣球，我就想起，對啊，從小到大，都沒有人邀請我去生日派對。都是因為我長得不夠帥又不夠高大，女生當我透明，男生當我異形。反正就是一直被人瞧不起……

「啪。」

我低頭一看，還是不行，又爆開了。

第一次嘗試的時候，笨手笨腳，既害怕又期待。當水球在機器裡面爆開的時候，我冷汗直冒，雖然萬一真的因此弄壞了機器，我也準備了藉口去解釋，但始終還是會害怕。

幸好，這台自動發球機似乎連內部也防水。後來多實驗幾次，我也不再擔心水球會不會在裡面爆開了，它還是運作得好好的，真感謝學校買來了這麼耐操的機款。

一開始我是用普通的氣球，注入水，大概到跟網球差不多大。可是我發現根本射不遠射不高，著地也沒辦法爆開。

後來我才發現原來網路商店有在賣水球專用的迷你氣球。注滿水的話會比網球大一點，徒手扔出去也能夠在著地時爆裂。但是——太容易爆開了，幾乎每次都是在發球機內部就爆開，根本發射不出去。

於是我又拿大小跟網球差不多的扭蛋蛋殼來測試。要在這東西裡面注水比較麻煩，不像氣球那麼直接放在水龍頭下就行。不過我也克服了。一如所料這個射擊的高度、距離和時間都最像網球，也最容易控制。但問題來了，它太堅固，幾乎不會爆開。除非刻意高速往堅硬的牆壁射擊，讓塑膠外殼直接砸到牆上爆裂。那麼一來，水也只會濺在牆上再往下流，不是我想要的效果。

我耐心地繼續進行實驗。真奇怪，我這輩子都沒試過這麼有耐性地做一件事。可是每次看著自動發球機把球射出去，我就忍不住把它跟大砲聯想起來。

而那些笨蛋學長們居然在每天練習後都把這台大砲留給我，我豈有不使用的道理。看到槍砲就會忍不住想發射，是我們男生的天性，這可怪不得我。

「啪！」

又是還未能射出就爆開了。我稍微抽起機器倒出裡面的水，再拿毛巾擦乾。看看手機時間，已經太晚了，只能明天再繼續。

雖然有點沮喪也覺得很麻煩，但是，只要一想到那些水球在女生們身上爆開，校服被水沾溼後變半透明的模樣，我就……

嘿嘿嘿，明天再繼續實驗吧。

*

自從告白信事件之後，幽靈同學就真的沒有再接觸過歌真。當然同一個班上始終會見到面，也有打招呼，但那傢伙似乎真的放棄了追求歌真。

我看了他的小說連載，自從那天之後他的風格就微妙地改變了。原本他的故事主人翁就是個嚴重自卑和社恐的男子——一眼就看得出來是他自己本人的投射，原本的故事也充滿了自怨自艾以及對其他人的恐懼和懷疑。

但是自從那天之後，他的故事風格就漸漸轉向活潑大膽，故事的角色也多了很多互動。那股令人讀著尷尬的感覺，也淡去了。最近幾話居然也有趣起來。

是因為他比較常與人交談吧。最近不時會看到他與幾位同學聚在一起，有時還看到他們交換輕小說，大概是找到同好了。

在興趣上重拾自信，所以不再執著於要追求歌真了嗎？

如果我是普通人，大概到此也就覺得可以安心了吧。反正他不會成為我和歌真之間的妨礙，我就根本不該再在這件事上浪費時間。

但是，我是杜振邦，杜比家的第五代準偵探。在找到告白信的真相之前，怎麼可能當作沒事發生呢？

我一邊思考著各種可能性一邊無意義地滑過幽靈同學寫的網路小說，不甘心地為他貢獻點閱率。突然，一組數字跳入眼中，我整個人猛然醒了過來。

我不斷往前往翻看他的連載，某個模糊的想法開始成形。於是我裝作他的粉絲在平台留言，詢問他的寫作習慣。

等待作者回覆的同時我立即打電話給堂哥。

「如果我想要獲得某個電腦系統的紀錄，有什麼快捷的方法呢？」

『看你想要駭入什麼地方。美國國防部還是瑞士銀行？』

「呃不，只是我們學校的門禁卡系統……」瞬間覺得自己的等級 low 下去。

『我已經答應了秋燕阿姨不再碰這件事了。』

「不是啦，我現在想調查的跟高祖父的事無關，純粹就只是我自己的問題。你幫我也不算是違反姑母的要求。」

堂哥沉默考慮了一會兒。

『我是物理學家不是電腦專家，你找我我也幫不到你。』

正當我沮喪地嘆息，他卻馬上補了一句。

『不過那種系統保安一般很隨便，搞不好在哪個職員的桌子上就大剌剌寫著密碼。這種事你自己可以搞定，何必問我。』

也是。我不禁為自己拿這種小事去打擾堂哥感到慚愧。

『你還記得小時候家族聚會你很喜歡模仿大人來逗大家笑嗎？』不知道為什麼堂哥突然提起這件事。

我當然記得，可能因為這樣才會不知不覺變成了甩不掉的反射習慣，我都不好意思告訴堂哥我連他的也學起來了……

『你應該對自己多一點自信。』

最後他留下這麼一句話結束通話，讓我有點莫名其妙。自信我有啊，跟幽靈同學一比我簡直多到有剩，我缺的是線索。

堂哥這飛來一筆的對話，讓我忘了要問他項鍊的事。本來還想問問是不是有什麼特別設計可以製作視覺錯覺之類。

我靠近樓梯的欄杆，再次就著夕陽光線細看項鍊，自從那次之後就沒再看到奇怪的影像。我其實有點心癢想切開看看裡面是不是藏了微型裝置，但結果還是不敢破壞姑母寄來的東西。

現在我人在六樓的樓梯間。因為工程關係，學校的頂樓暫時鎖起來了，所以我就改到這裡來單獨思考。

拜那位古怪建築師所賜，學校東側的樓梯間設計很奇怪。由一樓至五樓都是密封式的，雖然向東的一側有窗戶，但通常都會關起來。而只有最上層也就是六樓通往頂樓的一段是半開放式，朝外的一側下半是牆壁，上半則安裝了鐵欄杆。

平常幾乎不會有人經過這裡，而且也很通風涼爽，還能居高臨下看到不少事物。

幽靈同學一下課就離開了學校。美慧在通往臨時更衣室的路口等著柏軍出來，手上還拿著運動飲料。

有女朋友真好。

沈學長拿著寫生本獨自朝羊駝走去，沒多久我就看到袁學妹在後面跟上去。唉學妹，妳跟蹤技術還太嫩了，怎麼會以為那棵樹可以遮掩得了妳呢，右邊啦，走右邊啦。

然後……

「哇啊——！」

正下方傳來女生的尖叫，我貼近鐵欄杆低頭一看，只見兩個頭髮和校服都變成藍色的女生，也剛好一臉驚恐地抬頭看著我。

「是那個人！」

「混蛋！有種不要逃！」

我在聽到兩人的怒吼後才意識到發生了什麼事。

大事不妙。

沒多久我就處於被包圍的狀態。

「變態！該死的大變態！」

「站著別動我要讓你知道女生不是好欺負的——」

兩名憤怒的女生，連同聞聲而來的學生，將我包圍起來。

「等等！就說不是我做的了！」我連忙澄清：「如果是我做的話，我就不會自己跑下來找妳們了吧？早就逃走了吧？」

我太清楚這個狀況如果我在樓上一聲不響轉身就逃走，只會有更大嫌疑。反正我問心無愧，當然是光明正大走下來了解情況。

那兩個被藍色顏料水淋了一身的女生，抬頭看看上方，再滿臉殺氣地低頭望向了我。

「樓梯上就只有你一個！」其中一個女生雙手握拳手指啪啪作響。「頂樓鎖了，這邊樓梯就只有最上層可以把水球丟下來，下面都是關閉的窗戶！不是你還會有誰！」

「對啊，樓上就只有你一個！哈啾！」

她們說得沒錯，客觀地看，這邊牆壁的確只有最上層或頂樓有可能往下淋水。我是唯一的嫌犯。

「我反對！頂樓雖然鎖了，但並不是絕對沒有人可以出入，例如裝修工人就可以自由出入。二來，如果我是犯人，我會扔下來之後還特地朝下望，好讓妳們記住我的臉嗎？」

「那麼高看也看不清楚啦！再說你如果不是心虛幹嘛不敢看著我們說話啊！」

我維持著低頭看地面的視線，無奈地說：「非禮勿視。」

她們一位穿著運動服，另一位的夏季襯衫外面沒穿背心。所以溼了之後，胸罩的形狀若隱若現，這就是犯人的邪惡目的吧。

「哇啊啊啊你這個變態！」她們趕忙用雙手掩著上半身。

「就說不是我做的！」我深吸一口氣，說：「我是二年A班的杜振邦，我不會逃跑因為我是清白的。妳們還是先去清洗一下吧，如果不是水溶性顏料的話要趕緊叫人幫忙。」

「嗚嗚……怎麼這麼倒楣……」

想到顏料可能洗不掉她們閃過了驚恐的表情。那兩個女生忿恨地抱怨著，咬牙尷尬地朝更衣室跑去，剩下其他八卦的人也跟著散了。

我繼續用眼睛在地上搜索，終於在不遠處找到預料中的東西。

彈性塑膠質地的碎片，看來是汽球之類。是用有顏料的水注入汽球做成的水球吧。

我在剛才女生遇襲的位置蹲下來，捻起少許地上的泥沙嗅了一下。地面也被水球染了一灘藍色，不過至少聞起來沒有特別奇怪或刺鼻的味道。

被淋溼的沙粒讓我的手指也沾了一點藍色，等等去洗手就知道這是否是水溶性的顏料了。我猜九成都是，這很可能只是最普通最便宜的水彩顏料。

真是幼稚和無聊的惡作劇。我實在不明白用這種方法惡搞女生、讓人尷尬生氣的惡作劇到底哪裡有趣了。

算了，我只是剛好在現場被誤會成犯人，這種小事應可以很快就澄清，不值得費神。比起這件事，我還是該先想辦法如何取得學校的門禁卡紀錄。於是我聳了聳肩就離開現場。

直到隔天早上上學，我才發現我低估了這個事件的嚴重性。

*

我遠遠看著那個男生在女生們鄙視的目光下，一臉困惑焦躁地快步走進教室，總算感到暢快起來。

對對，這樣才對嘛。

昨天我確實是衝動了點，但那個時刻實在太完美了。前一天實驗的落點正好有兩個女生走過，附近沒別人，然後樓上就只有一個男生在講手機。

瞬間明白到我可以拿那個男生當代罪羔羊，手就自動動起來了。「填充砲彈」和「發射」的操作我已經做了無數次，已經變成身體的記憶。

完美。

不管是發射的角度、時間和落點，當我看到水彈準確命中那兩個獵物，我幾乎忍不住大叫起來。

好耶！

不過我還是立即壓抑著內心的興奮，急忙把發球機推到場邊。我一共連射了三顆水球，現在才發現原來最後一顆在發球機裡面爆開了，我嚇出一身冷汗，連忙拉來水管把顏料水沖掉。幸好我用的只是普通的水彩顏料，是水溶性的。

可惡額外浪費了我的時間！我急著想去現場看看，匆忙處理完就跑過去了。

那兩個女生還在。她們頭臉和衣服都染成了藍色，狼狽不堪，嬌嗔地咒罵著。胸罩顏色和形狀在衣服下若隱若現，嘻嘻，都被看光了啦！我忍不住在內心竊笑。大成功。

有個男生被趕過來的學生包圍，我也混在人群中裝作聲援受害者湊起熱鬧。

「我是二年A班的杜振邦，我不會逃跑因為我是清白的。」

嘖！裝什麼cool啊？還裝紳士叫女生先去清洗？怎麼這傢伙居然這麼冷靜！你應該要有口難辯，然後被女生們痛罵追打，變成過街老鼠般哀號才對吧！為什麼那兩個女生居然這麼容易就放過他啊？

看著那兩個女生紅著臉跑去洗手間，瞬間我明白了。哼！果然還是因為這男生長得夠帥吧。對啦，人帥就做什麼都可以被原諒，說幾句話就發情臉紅起來，所有女生都是這種德性。

其他人散去，我也只好跟著散去，內心由本來的極端興奮變為極度不爽。然後想到我沒辦法拍下那兩個女生溼淋淋的模樣，實在可惜。

下次要計畫得好一點。

杜振邦是吧……二年級的學長，真是越看越讓人不爽。別以為這樣就能沒事了。

我轉身拿出手機，登入學校的匿名版。

＊

還在校門外，走在路上，我就覺得身邊的空間特別多……其他學生特別是女生，都離我遠遠的，然後三三兩兩地交頭接耳，視線卻不停在我身上打量。

到底為什麼……我一邊走向教室一邊翻出手機查看學校的匿名群組，原來昨天的事已經傳開了。

——就是那個啦，上次說自己找到是誰撕掉便利貼但又沒辦法自圓其說的金田中二。

——我聽說學姐抬頭看見他的時候，他臉上還露出變態的淫笑耶。

——就那個說自己是推理小說迷的男生啊，雖然平常有點怪怪的可是看不出來是這種人。

——明明長相還不錯，卻沒有女朋友，果然是人格出了什麼問題吧。

——我在現場！當時我一聽到學姐尖叫就跑過去幫忙。那男生很囂張嘛，還說什麼：「老子我就是二年A班的杜振邦，我不會逃跑，妳們又能奈我如何。」

我才沒有說過這種話！

可惡，到底是誰在故意抹黑我！

「杜振邦同學！」

我才剛在座位坐下從手機抬起視線，就看到女班長和歌真兩人站在我的桌子前方。女班長雙手交疊胸前一臉凝重。

「立即回答，人類的青春期是從幾歲到幾歲？」

「什麼？」

我滿頭問號地看著她們不懂是怎麼回事，這是在幹嘛？

「是十至二十歲左右。」女班長看我沒回答，就自己說下去：「女性進入青春期會有什麼明顯的特徵呢？」

「什麼？」

「是！」在旁邊的歌真一臉正經地舉手回答：「身體會長高，也會開始有月經，胸部會隆起。不過乳房的大小形狀都因人而異，只要身體健康正常——」

「停！妳們到底在做什麼？」我連忙紅著臉叫停，歌真妳不要一邊認真回答一邊用手在自己胸前比劃啊拜託！

「為了支撐胸部的發育以及美觀的關係，人類發明了胸罩。現代的胸罩都以舒適和方便活動為主。」女班長不管我繼續說。

「嗯嗯，內衣褲是文明的日常用品，每個人都需要。跟日常服裝一樣，只要清潔和舒服，保持衛生就好了。」歌真繼續滿臉微笑地解說。

「而且比較暴露肌膚的程度，其實跟泳裝沒有太大區別。雖然每個人都有自己的性癖，但如果放任自己的原始衝動，是沒法適應現代文明社會生活的。」

「無論是男生還是女生都會經歷身體成長的變化，是生存的證明呢。」歌真用力點頭。

我忍不住站起來：「妳們到底在說什麼啊？」

「沒事的，振邦同學，」女班長帶著同情憐憫的目光拍了拍我的肩。「你就只是踏入青春期對異性的好奇心得不到滿足，才會出現偏差行為。只要學習正確的生理教育，就不會再做這種事了。」

「就說不是我做的啊！」我快要抓狂了。

「別激動，深呼吸，試試從一數到十，你會發現人類是可以靠理性自制的……」

「真的不是我做的！我只是被人陷害啦！」

於是我一五一十地將昨天的事再說了一次。

「怎麼跟網上流傳的版本不太一樣。」女班長疑惑地摸著下巴。

「那種匿名版只會有一堆人不負責任地添油加醋。」我惱怒地說：「事發當時除了那兩個女生，隨後跑來圍觀的還有十一、二人左右，明明他們都可以證明我沒有說過那種話！」

「可是那個位置，確實除了舊樓梯，沒別的地方可以扔下水球呢……」

「歌真！歌真連妳也不相信我嗎？」我覺得胸口像被刺了一刀般痛。

「我只是在想，如果你說的是真的話，這就是新的謎題了！」她雙眼閃過彷彿看到現烤章魚燒的光彩。「命名！藍色水球事件！」

「所以妳相信我是無辜的吧？」

她充滿朝氣地朝我比出了拇指：「放心，不管你是無辜還是有罪，我都會努力證明給大家看哦！」

喔好……我流下冷汗。要證明我自己的清白絕對不能交給她就是。

「杜振邦在嗎？」一顆反光的禿頭從教室門外探入，柿子李看見我便招了招手。「校長叫你去一趟校長室。」

糟了，我有事態不妙的預感。

果然，一到校長室，就看到其中一名昨天遇襲的女學生和她的家長。是說父母都一起來了，有沒有這麼誇張。

「不出所料啦！」那位太太一看到我就指著我大叫：「一看這個戴眼鏡的小子就知道一定是平常看太多色情影片，才會年紀輕輕就近視！」

她的丈夫也不甘示弱地說：「就是啊校長！這次扔的是顏料，要是下次這個男生扔硫酸怎麼辦？這應該要預防性羈押！我要求立即報警！」

我無言地站在校長的桌子前方。一上來就是這種水準的發言嗎？很好我有心理準備了。

我偷瞄了那個女生一眼，她無奈地垂頭望著地毯，那是「對不起，這種發言好丟臉，我好想找個洞躲起來」的黯然無神表情。

昨天我去洗手時已確認顏料應是水溶性，算是容易清洗的，現在看到她頭臉好好的我也安下心來。

「呃，兩位放心，本校一定會處理這件事……」儘管校長室的新冷氣很涼快，但校長還是擦著汗。「只不過呢，現在還不確定做這件事的就是這個男生……」

「他在襲擊我的寶貝女兒後自己報上名字的！」

「是這樣嗎？李同學？」校長轉問呆坐在父母旁的女生。

「我剛才說過了，他是自己走下來，主動告訴我和學姐他的班級和名字，他當時說不是他做的……」

「嗚啊！寶貝女兒啊！媽媽知道妳很害怕，怕被犯人報復，但妳不用怕！爸爸媽媽就在這裡！妳放膽指證襲擊妳的人吧！」

被母親用力摟抱著的李同學，一臉眼神死。她望了我一眼，好像有點內疚，但旋即又避開視線。

看來這女生並非像父母一樣蠻不講理認定我就是犯人，可是也不確定我就一定清白。

「不是我做的，我只是剛好在現場。我報上名字就是希望不會被誤會我是那種只會躲在暗處偷襲女生的人——」

「喔——！校長你聽到沒有？他認了！他就是那種會當面襲擊女生的人！」

回去給我從小學開始重新學一遍基本邏輯啊你們！

「呃……杜振邦同學，雖然證據不足，但既然有人證明你在現場，你好像還是脫不了嫌疑。」校長乾咳了一聲：「像你這年紀的男生，一時興起做這種惡作劇也不稀奇。念在你沒有對人造成什麼實質傷害，只要你誠心誠意地道歉我相信家長也是能原諒的……」

「不能原諒！什麼叫沒有實質傷害啊？都造成實質傷害就太遲了吧！而且校服的清洗費用呢？我女兒精神和名譽受創的賠償呢？」

「校長你是不知道『疑點利益歸於被告』的法律精神嗎？在沒證據的情況下你打算誘導我認罪嗎？」我惱了。

「我也只是想在盡量不傷害任何學生的情況下圓滿解決這件事，你只要好好道歉就好……」校長心虛地擦著冷汗。

「那你們等一下我去樓下把羊駝帶上來。」

「羊駝？」校長一愣。

我怒道：「因為草泥馬才會為不是自己做的事背鍋！草泥馬才會道歉！」

大人們不解皺眉，但李同學忍不住噗嗤地笑了一聲。

「如果不是你，哪裡來的水球？難不成你想說是飛過的鳥兒扔下來的嗎？」家長指著我質問。

鳥嗎？總覺得如果歌真在場，她可能真的會這麼說。

「總之我沒有做那麼無聊的事，也不會代那個陷害我的傢伙道歉。我會找出真凶來證明我的清白。只要讓我去現場再調查一下——」

白光一閃，轟隆！窗外突然雷聲大作。

天色突然暗下來，開始下雨。

糟了。

午休的時候我撐著傘再次回到案發現場，很不幸，雖然現在雨已經變小了，但剛剛雨下得還挺大的。

天空替犯人清洗了犯罪證據，可惡。

再次來到現場，這次我更小心地觀察環境。到底當時除了我站立的位置，還能夠從哪裡襲擊女生呢？

我左右張望，有沒有可能是躲在建築物轉角處的犯人，朝受害者拋擲水球？

雖然我當時在樓上往下看的時候，只看到那兩個女生，但如果犯人躲在建築物角落，我確實會看不見。

當時那兩個女生應該是正好從右邊往左邊移動，左邊的那側距離太遠，應該不太可能。右側呢？我站在那個位置，隨便撿起一顆我覺得重量適中的石塊用力扔了過去。

距離是還可以，可是落點很難控制。要在這位置準確瞄準那兩個女生，得有棒球社投手的能耐。

話說回來，校舍的這一側正對著棒球場和旁邊的網球場，中間隔著一排樹木。棒球社的人的確有可能會經過這一邊。不過，如果是從這裡投擲……

那兩個女生應該會是背部或後腦杓中彈。

但我看見她們的時候，看起來水球是在頭上爆開，因為顏料水並不是集中在背部，她們的頭髮和臉都是溼的。而且她們兩人都是下意識就往上望，可見她們應該都感覺到攻擊的方向是上方而不是背後。

如果不是正上方，就是非常大幅度的拋物線。

我轉頭望向對面的樹木，這一排樹木並不高，最高大約只有兩層樓的高度。我突發奇想，如果犯人爬到樹上去扔水球……

一顆紙團扔到我頭上，我撿起來抬頭一看，視線掃過樹冠，駭然看見一張開心笑著的臉。

「振邦同學！可以麻煩你再站過一點嗎？」穿著黃色雨衣的歌真正趴在一根樹枝上，愉快地朝我揮手。

「妳、妳在那裡做什麼啊！太危險了！」我嚇了一跳連忙跑過去。

「我在想有沒有可能從樹上——啊！」

話沒說完她就往下掉。

我倒抽一口氣飛撲上前——

喀嚓。

「嗯……看來這品種的樹承受不了高中生的體重呢。」

背上傳來歌真恍然大悟的聲音。她正坐在我的背上。

「我……我想也樹……」撲倒在沙地上的我吃了一嘴沙只能發出含糊不清的聲音。

「你沒受傷吧？振邦同學！」

歌真總算從我的背上起來，伸手拉我起身。

「沒事，這小意思。妳才是沒受傷吧？」

哪怕腰痛到像斷了，聽到這聲音我也會立即站起來，真想一直握著這小手不放……

「沒事哦，謝謝你。」

她敞開笑容，天空灰暗的雨雲也彷彿被這笑容驅散，雨竟然停了。幾縷陽光穿透烏雲，照在她那甜美的臉龐上。

值得的，為了這笑容，犧牲脊椎也值得。

「不過爬樹還是太危險了，拜托不要再這樣做了。」我嘆了口氣，伸手撥去黏在她雨衣帽上的樹葉。

她瞪大眼看著我，看得我都不好意思只好移開視線再轉移話題，不然會被她發現我臉紅。

「紙、紙團跟水球的重量相差很多，妳用那個來做實驗並不可靠。」

「但是我的臂力也跟犯人的不一樣，用同樣重的東西我一定扔不遠嘛。」

有道理……沒想到她還是有邏輯正常運轉的時候。

「可是這麼一來，就沒法證明振邦同學是無辜的了。」她嘆了口氣。

知道她這麼努力想證明我的清白，我真的感動到想哭。其實沒關係啊，只要妳相信我是清白的話，其他人要繼續誤會也不重要了……我居然冒出了這種莫視真相愧對祖先的想法。

「那麼沒辦法了，接下來我只好想辦法證明振邦同學不是無辜的吧。」

咦？

「振邦同學也要加油哦！不然這次也要請我吃章魚燒了呢。」

無視我啞然的表情，她輕鬆地踩著水窪像隻兔子般跳走了。

想辦法證明我不是無辜……意思是要想辦法證明我有罪嗎！妳也放棄得太快了吧？一想到之前幾次的事件都莫名其妙地按著她的意思發展，我突然感到背脊直冒冷汗。

還有背痛。

＊

就這樣過了兩天。

雖說焦急也沒用，但對方一直在網上持續針對我抹黑，實在很令人生氣。也不是沒有好人試圖為我說真話，只是……

——大家別太過分了吧，我當時人在現場，學弟當時並沒有說這種話，他就只是一直堅持自己無辜。大家是不是太先入為主了？

——嗨杜同學你好。

只是都會變成這樣。會被人當成是我在自我辯解。不知道是誰一直在帶風向想害我。

偵探被真凶陷害成犯人的經歷早已在親戚間聽過不少，所以真的發生在自己身上時我可以冷靜面對。只是第一次被陷害居然不是高智商犯罪事件而是這種下流的無聊惡作劇，害我有點生氣。

算了，這種網路霸凌我自己跳下去也只會變成泥漿摔角，還不如早點抓出真凶。幸好校長就算想找我家長詳談，也聯絡不了。放棄吧，連我這個親生兒子也只有五成把握知道他們現在在世界哪個角落，你能隨時找到他們才怪。

由於發生了這個事件，一時之間，女生們都紛紛互相提醒在校舍外面走動時不要貼近牆壁。那天的事發位置，就只有些好事之徒故意撐傘去實地勘查，大家都避開了。

如果犯人不再犯的話，我能夠再抓到他的機會就很渺茫。當然，我不會為了抓到他而希望再有女生受害，但是偵探的直覺告訴我，他一定會再犯。

就目前的線索我認為犯人是男性而目標是隨機女生的機率比較高。如果我的假設正確，那麼對方做這種無聊事八成就只是為了發洩壓力和找樂子，我相信他遲早一定會再次忍不住。

「杜同學，圖書館嚴禁扔水球，書本溼了不好處理。」

我才一踏入圖書館，就看到正在值班圖書館員的杏子略帶嘲諷的笑容。

「大家還沒笑夠嗎。」我滿臉無奈，但沒有生氣。因為我知道自己班上的同學沒幾個真的認為是我做的，大家只是鬧著玩跟著起鬨。

「開玩笑的啦，你和歌真趕快加把勁找出犯人吧。想到學校裡有這種搞無聊惡作劇偷襲女生的人，就感覺毛毛的。總不能一出去就撐傘。」她說完就再度埋首小說中。

我走向圖書館的公用電腦，想要偷偷登入學校的內聯網。但是一走過去就看到有點眼熟的女生正要從座位起來。

是那位父母跑來學校投訴的李學妹，一瞬間神情尷尬的她似乎想轉身避開我，卻突然停住決定開口跟我說話。

「抱歉我父母給學長帶來麻煩了。我叫過他們不要的，但他們都不聽我的話。」她小聲說。

「沒什麼，他們只是愛女心切。」我好奇問：「那麼妳是願意相信我不是犯人了？」

她嘆了口氣：「老實說我還不敢肯定，不過從這幾天看起來你確實不太像。我總覺得會做這種事的傢伙就算沒膽承認，想要推卸責任，也一定會有點內心暗爽的樣子。而且一般人也不會像你這樣認真尋找犯人。」

我有點意外原來我自己的行動也被人默默觀察了。

「謝謝妳的信任。那麼我可以請問一下嗎？當天妳和另一位受害者，能不能感覺到被多少個水球扔中？」

「其實我也有跟學姐聊過這件事，我們覺得是有兩三個。但坦白說當時太突然了，我也對自己那一刻的感覺沒什麼把握。」

「但妳們都覺得是從上方掉下來的，對吧。」

「對。」

「妳們有沒有可能跟人結怨呢？」

學妹噗嗤地小聲笑了起來。「真像電視劇裡的警察問話……沒有，我和學姐都想不起有這種事。除非是暗中得罪了人但我們不知道，我實在想不出來。」

果然。如果是為了復仇，就不會只用水溶性顏料的水，而是直接用更難清洗的油漆甚至帶黏性的顏料。還有什麼比害女生被迫剪掉頭髮更殘忍呢？如果犯人對兩位女生懷有仇恨，就有可能會那麼做。

當然，如果是真正的深仇大恨，就有可能像是伯父說的會對身體造成真正傷殘的襲擊，但那就已經不是惡作劇，而是真真正正的社會罪犯了。

而且看兩位受害者似乎沒有受到恐嚇的反應。顯然她們也一頭霧水想不出自己得罪過什麼人，否則當天一見到我，應該就會先逼問我「是否替某某人做這種事」。可見她們都沒有先想到自己被怨恨攻擊的可能性。

自己不明就裡而被人怨恨的情況當然還是有的（例如我現在就莫名地被犯人針對著），不過目前看來，還是「無聊的校園惡作劇，且犯人隨機挑選受害者」的機率比較大。我不是沒懷疑過犯人也有可能是女生，但如果是惡作劇，就比較像是異性所為。

也就是說，她們被扔中的原因，很可能就只是因為她們是女孩子而且不幸地剛好在那個時候出現在那裡。

「那天妳們為何會經過那裡？」

學妹臉上一紅。「我和學姐去看完網球社的人練習，正要離開。原本我們還打算之後一起去寬帽街逛街，結果那天只能回家不斷洗頭洗澡。」

「妳們不是網球社的吧？」

「學長不知道嗎？網球社三王子超受歡迎啊。」她難以置信地瞪著我。

我知道，其中一個就是我們班的阿龍。

總之，這樣看來，她們應該是經常在固定的時段經過那裡，也不能說是完全沒法預測。目前還不能完全抹除犯人是故意選擇她們的可能。

「既然都說到這份上，也不妨告訴你了。」她喃喃自語般說完，有點不好意思地朝我雙手合十。「其實我和學姐在打賭你是不是真兇，我選了你不是，所以學長請你加油找到犯人吧。」

「謝謝……」我不知道自己為何要道謝，但除了嘴角抽搐好像也想不到什麼合適的反應。「我可以八卦一下妳們要賭什麼嗎？」

「蛋糕。寬帽街新開的人氣咖啡廳，每日的限量蛋糕，我們到現在都還沒成功排到隊啊！」

好吧，這聽起來是比章魚燒更合一般少女的口味。果然只是普通的女生。

於是當天下課後我特地繞到網球場去找阿龍。那傢伙一看見我，就暫停練習走到場邊，一臉燦爛笑容。「唷，這不是歌真的男朋友嗎？」

「男、男男男朋……你聽誰亂說的？」猝不及防一記近身球害我陣腳大亂。

「咦？不是嗎？看你們感情那麼好玩偵探遊戲。」他摸了摸下巴。「哦，我懂了，單戀是吧。加油。」

是有這麼明顯嗎我……那為何當事人完全沒感覺。

「咳，別說我的事了。你知道早幾天的水球事件吧，那兩個受害者是否經常來這邊？」

我用手機展示她們的照片，我跟學妹拿的。

「哦，是有點眼熟，但我沒辦法認得她們每一個，畢竟人這——麼多。」

他隨手一揮，指向網球場圍欄外的那一大堆女生，以及她們誇張的應援物品。印上照片的毛巾、扇子、名字閃光板……根本就偶像應援團的規格。

稍微有點誇張。

「喂，阿龍，別在排練中途偷懶啊。」

「這是你朋友？」

兩位彷彿自帶閃亮濾鏡的俊美男生拿著球拍走過來搭著阿龍的肩，場外的女生響起更大的尖叫。想必這就是網球社三王子了。

「是我同班的同學，想來問問那個水球事件。原來被扔中的女生好像是我們的粉絲。」

「什麼？竟然有這樣的事！竟然對我們可愛的支持者出手！」

「各位小姐出入一定要注意安全，要是妳們受傷了我們會很心痛。」

說著他們已經面向了粉絲，女生們尖叫四起我完全聽不到她們說什麼。

「我只是想問問你們有沒有在附近見過可疑的人，特別是男性。」

「棒球社。」三人異口同聲回答。

「那些大猩猩繞場跑步時總是用可疑的目光打量我們的粉絲。」

「總是一身汗臭味，連使用止汗劑的常識也沒有。真不想共用一間更衣室。」

「呼喝聲聽起來像野獸一樣，非常騷擾我們練習。」

才三句話我就明白網球社跟隔壁棒球社有多不合，很簡單明瞭的關係說明。

「除此之外呢？」

「應該沒有了吧。我們這邊就只有網球社的教練和成員會來。學長們要應付考試，最近都很少出現。」

網球社的教練是從校外聘請的，每週只會過來三天，案發那天沒有過來，可以排除嫌疑。

「話說你有興趣加入我們網球社嗎？看你也挺有潛力的。今年我們有兩位學妹，都長得很可愛。」三人中站在C位的學長指了指正在後面對打球的兩個女生。

「別逗他啦，人家已經心有所屬了。」阿龍搖頭。

「沒關係，這年代粉絲都很理性，偶像有男女朋友不相干。」

原來你們很清楚自己的定位是偶像而不是運動員啊。

「喂。」阿龍說著把用過的毛巾拋給一位突然出現的男生。「順便幫我洗一洗吧。」

「好的阿龍學長。」那男生隨手接過，其貌不揚的臉上拉開淺笑。

在那三個彷彿會把網球場變成舞台的網球王子身後，這位外表相對平平無奇的男生，存在感薄弱到我現在才注意到他。

「這位是？」

「是我們一年級的學弟。別看他外表傻傻的，球技還不錯。」

「但是最近好像有點退步。喂，學弟，要加把勁才能追上我們的步伐啊。」

「不過他每天都會替我們收拾場地，真是個好孩子。」

那男生一直笑著點頭說：「應該的，應該的，替學長們收拾是學弟的本分。大家的毛巾也拿來吧我順便一次洗。」

「感謝啦。」另外兩個人也把毛巾拋給那位學弟了。

「我在附近看看就走，可以嗎？」我問。

「沒問題，隨便吧。」

於是我再次打量網球場四周，這裡與事發地點之間，除了隔著球場的鐵絲網圍欄，還有一排樹木——就是歌真曾經爬上去的那邊。

網球場本身很普通，一眼就能看完。我看著球員們練習，注意力漸漸落在某件東西上。

＊

突然看到那個眼鏡學長出現在網球場我嚇了一跳，該不會是已經發現是我陷害他，來找我麻煩吧？

躲在一邊暗自觀察了一陣子，發覺他只是跟三王子對話，根本沒注意到我。看起來不像是來抓人的。

「喂，順便幫我洗一洗吧。」

阿龍原來早就注意到我的存在，他就跟平常一樣轉身順手把用過的毛巾扔過來給我洗。

「這位是？」

眼鏡男生好像這才終於看到我，朝我微微點頭算是打了個招呼。哼，反正在你們這些得天獨厚的傢伙面前，我就像背景板那般不起眼吧。

「是我們一年級的學弟。別看他外表傻傻的，球技還不錯。」

呸，有種認真跟我對打一場啊，你們這幾個虛有其表華而不實的傢伙。

「但是最近好像有點退步。喂，學弟，要加把勁才能追上我們的步伐啊。」

追個屁啊，我就只有外表趕不上你們。是要我去整容嗎？

「不過他每天都會替我們收拾場地，真是個好孩子。」

是誰害的啊！不就是你嗎！

我努力擠出笑容。「應該的，應該的，替學長們收拾是學弟的本分。大家的毛巾也拿來吧我順便一次洗。」

已經習慣了，總是被人排擠的我，只有努力演出唯唯諾諾的角色討好群體中的權力核心，才有留下來的資格。你們以為我真的樂意給你們當免費跑腿？

我跑去沖洗毛巾，回來的時候看到那個眼鏡男還在。煩啊，你到底要待到什麼時候，快點回去。

「喂學弟，過來讓我看看你是不是真的退步了。」

三人中最討厭的阿龍學長輕佻地招手，叫我跟他練習。另外兩人走去指導學妹了。哼，就只懂得借網球把妹。

我拿起球拍跟他對打了一會兒，沒多久他就露出不耐煩的樣子。

「喂喂，你這是怎麼啦沒有一球有力的，給我認真點！」

「不，是學長你進步太快了，太厲害了……」

確實，今天打起來有點吃力，可能因為最近花太多時間去做水砲實驗，少了時間練習。不過反正跟他們打我也都要放水，萬一在他們那些粉絲前打贏，他們一定會惱羞成怒耍手段把我弄出網球社。這點自知之明我還是有的。

「算了，你去拉發球機過來我自己打。你啊回頭去練習一下揮拍吧。」

嘖。

我把發球機拉過來時，才注意到眼鏡男正看著我……拉動的機器。我忍不住流下冷汗，該不會被他發現了什麼？

我盡量裝作若無其事地設定好機器就走開。那個眼鏡男厚著臉皮待在場邊看著網球自動接連射出。看個飽吧，這下你應該懂，發球機射出的球再高也不可能高到能越過球場圍欄。

*

毫不意外地我在棒球社那邊聽到了他們對網球社花美男充滿偏見的抱怨。我本來以為是三王子的粉絲團太誇張而觸發衝突，但後來八卦一下才知道，兩社的對立好像是古老的傳統了。

水球事件會跟這種恩怨有關嗎？例如棒球社的人看不順眼，才故意對他們的女粉絲惡作劇？這樣的動機也不無可能。

惡作劇難搞之處就在此，因為動機可以非常無聊，所以很難推測。

不過，幸運的是事發當天棒球社延長練習，當時他們全員都在場上，在教練呼喝下渾灑熱汗繞圈跑。除非全體都是共犯，不然沒什麼可能是他們。而那天沒有其他人來過棒球場。

我朝校舍走回去，經過更衣室時，突然注意到路邊有棵樹下面的泥土溼了。明明現在沒有下雨，我走過去捏了一點泥，果然指頭沾上了一點透明的藍色。

「呀！」

聽到女生尖叫，我連忙站起來從樹後探出頭來，剛好看到芊芊整個後腦杓的頭髮和背部都被淋上藍色的水，而且她也剛好回過頭來看見我。

噢不——

「杜振邦！你找死！」

她捏著拳頭衝向我。我有機會跑得過田徑王牌嗎？

*

第二次被當成犯人，走的流程都差不多，就是校長囉唆得比較久，然後本來還願意相信我的同班同學，現在也對我投以冷淡的目光。幸好，歌真對我的態度沒有變化。

「沒關係，因為我本來就在想辦法證明你就是犯人嘛。」她天真地笑著回答。

看來這也不是值得「幸好」的事。

不過有了這第二次，讓我肯定了犯人針對的不是受害者，是我。這次的受害者是練習完正要去更衣室的芊芊，她不是網球社的迷妹。

犯人故意等我有機會被陷害成犯人的時機，向附近的女生下手。

我到底招惹到誰了？這種不知道被誰怨恨著的感覺比被當成變態更令人感到不舒服。

必須盡快抓到這個犯人。看來我只好兵行險著了。

*

雖然因為射擊角度的問題，這次只能弄溼學姐的背部，但至少這次我有拍到照片了，嘿嘿。

看著那個眼鏡仔被學姐追著跑，我才想起這就是田徑社的芊芊學姐。跟上次不同，因為要把握好那傢伙踏入我的陷阱站在樹旁的時間，所以剛好有女生經過我就發射了，都沒來得及看清楚是誰。

雖然我知道那時段經常會有其他體育社的人前往更衣室，但剛好是學姐真是太幸運了。上次也是，事件隔天就下大雨。想來上天給我順利是想彌補人生對我的不公吧。

經過無數測試後，選定兩個不同牌子的水球做成雙層彈殼，再適度加上膠帶……我一邊製作我的特製砲彈，一邊想，在水裡混入顏料雖然能提升視覺效果，但我為什麼不混入別的東西呢？例如某些從我身體出來的……那麼射到她們身上的時候不就等於……哇哈哈光是想想就興奮，我真是個天才。

不過，萬一水球在發球機裡爆裂，那就會留在機器裡。只要及時用水沖走應該沒問題吧？這種事，也不可能真的有警察跑來學校蒐證弄什麼科學鑑識，擔心這個有點多餘。

想想那些女生身上沾著我的「東西」然後尖叫的樣子。

下次就來實驗看看吧，反正失敗了也不會有人發現。

隔了一天那個眼鏡男又在我們練習剛結束時跑來網球場找學長聊天，難道他真的發現了什麼？但是他的視線只掃過我一眼就移開，跟其他人一樣把我當背景，應該是還沒懷疑到我身上吧？

我昨天打聽到原來那傢伙跟阿龍學長是同班的，可能真的只是來找他說話。

等學長和學姐都離開後，我連忙拿出望遠鏡，嘗試尋找那個傢伙，剛剛明明看到他朝校舍那邊去了，希望他今天也跟平時一樣會在學校裡悠悠轉轉不會馬上走。

意外地，我看到他居然又跑到樓梯間最上層，即是第一次事件時他所在的位置，他在滑手機。

這是怎樣？挑釁嗎？連續兩次都沒被校長嚴厲追究就乾脆不把我放在眼裡了？

望遠鏡朝下一看，下方竟然又剛好有個女生坐在花圃旁邊看書！

大好機會，機會一瞬即逝我必須像攔截殺球般果斷。於是我想也不想就把特別「加料」的水球放進發球機，這次的位置調到跟第一次一樣就行了，我飛快弄好就跑到外面去。

沒問題，那個女生和眼鏡男都還在原地沒動。我拿出手機，在遙控發球機的程式上按下發球的指令。

第一次沒拍到照片，我才想到這台機器既然可以用手機搖控，我幹嘛還要傻傻地站在機器旁邊看它發射呢？我根本可以跑到能拍照的地方再搖控發射。我就是這樣拍到芊芊學姐的中彈照片。一般人根本不會留意到無人網球場裡的發球機，事後再慢慢收拾也可以。

於是，只有我注意到我的水球從網球場射出，在半空中劃出大拋物線，朝校舍邊緣落下。

啪！

水球精準命中目標，在女生頭上爆出藍色的液體。我真是太厲害了，國軍的神射手都要自嘆不如！

我一邊像反射動作般用手機按下連拍，卻發現那女生根本一動也不動沒有反應，也沒有發出預想的尖叫。怎麼會……看書投入也有個限度吧。

我抬頭一看，只見樓梯上方那個男生，手上拿著望遠鏡正在看著我。然後他放下望遠鏡，笑著朝我做出了開槍的手勢。

被算計了！

我背脊發寒，全身冷汗直冒。再望向那個中彈的女生，頭上的假髮滑落地面，那果然只是個假人。

上方傳來機械的噪音，我抬頭一看，一台空拍機正飛到我上方來。

我完蛋了。

*

「還有什麼要說的嗎？」

在我放出了拍得一清二楚的空拍影片之後，網球社的學弟垂著頭不發一言。良久，他發出了不甘心的聲音。

「你什麼時候發現是我？」

「如果水球不是從正上方落下，那就是拋物線攻擊。以兩次事發地點為中心劃圓，重疊的地方就只有網球場和一部分的棒球場。棒球場位置距第一地點太遠，網球場最可疑。當我那天一看到那台自動發球機，就想到可能是怎麼回事了。」

這傢伙應該早就在校內測試過落點很多次了，只是王伯有老花和色弱，打掃時沒注意到汽球碎片。

「但是你那天也看到學長練習了吧！發球機不能發射越過圍欄那麼高的球……」

「能射多高多遠，調整射擊角度就行了。將發球機傾斜向後仰，就能讓角度變大。」

他一臉驚訝，彷彿我沒理由能想到一樣。他果然是那種自以為聰明不會被發現其實很好抓的犯人。

「而且，棒球社的人都集體行動。而網球社呢，阿龍告訴我每次都是你留下來收拾場地，所以鑰匙都交給你了。還有比你更可疑的人嗎？」

「可、可是！第二次事件當時，我根本不在網球場裡！我有證據——」

「學弟，你以為我剛剛是用什麼來操作空拍機啊？」我甩了甩手機。「哪種型號的發球機能用手機應用程式控制，上網查查就知道啦。」

他咬了咬牙。

「到底為什麼要陷害我？我有對你做過什麼嗎？」在這次事件之前，我根本不認識他，實在想不起有什麼瓜葛。

他別過頭去不說話。我惱火了。

「那個假人身上一陣腥臭味，你這次在水球裡加了什麼下流的東西吧。你該慶幸我現在就抓到你，再下去你遲早會做出更過分的事！」

「……都一樣。」他喃喃自語。

「什麼都一樣？」

「你跟阿龍學長他們都一樣！一樣討人厭又沒自覺！自以為是，裝出很正直的樣子，還敢向我說教！其實你們還不是跟我一樣，男人當然會想色色的事！」

我還來不及反問，他就憤怒地連環爆發。「除了樣貌之外，我有什麼比不上你們的！但你們就獨占了所有好處！太不公平了！不管做什麼女生都會原諒你們！不公平！」

在他接下來一長串不管對同性或異性都充滿偏見的憤世嫉俗發言裡，我總算搞清楚原因。

「所以你針對我只因為第一次事件時我剛好在現場，然後又發現我剛好是你看不順眼的類型？」

「我要讓你們體驗一下我平常的感受！」他咬牙切齒地說。

「你們」，不是「你」。他根本不在乎是我還是其他人，這種怨恨是以偏概全的。

「學弟，你的想法很危險耶……」我嘆氣。「而且你對其他人太多誤解了。」

我剛才去找阿龍他們說話，除了是要引開犯人注意，好讓王伯有時間替我擺好假人之外，也是為了再多問清楚犯人的事。

按阿龍他們三個人所言，當初是學弟自己主動說要替大家服務的，他們以為這是學弟一片好意。

「總覺得他跟我們對打會刻意放水，坦白說有點不爽，心想是不是瞧不起我呢？但後來想想也許這是他對前輩表達尊敬的方法，所以我就沒放在心上了。就是覺得有點可惜，他應該可以打得更好。」

「對啊，如果他能好好努力，就能成為我們網球社男團的實力擔當了。」

我當時聽到他們這樣說我也很驚訝，因為那位學弟看來就不是花美男類型。我一開始也以為犯人的動機是受到他人排擠。

「外表？沒關係啊，這世上沒有醜男，只有不懂包裝的男人！我以前也很沒自信，但自從學會美容和打扮之後就脫胎換骨了。」

「對啊，畢竟我們是運動型男團，顏值有我擔當就夠。學弟練好肌肉身材和球技就有賣點。」

「女孩子其實接受度很高，學弟又不醜只是不夠突出。女生喜歡的是努力的男人啊。」

「反倒是我不止一次聽過兩個學妹對他有點微詞，但那種事我又不好開口教訓他……」

「是投訴說他性騷擾吧，我上次聽到那種冷笑話也有點愕然，但他好像沒什麼自覺其他人聽到會不舒服。這個問題比較大。」

「想當偶像的話，這種心態要先改掉。女孩子是神！怎麼能對女神不敬呢？」

先別管他們把網球社堂而皇之地當成偶像團體發展的奇怪方針，至少我聽不出他們三人有打算排擠學弟。

當事人沒那個意思但是接收的人卻感到被傷害和歧視，還是過度自卑錯誤解讀別人的反應，這種事有理也說不清。就算我現在告訴他這些對話，他應該也不會相信。在他的內心小劇場裡「我們」都是壞人角色吧。

「總之，你今天做的事已經超出惡作劇的範圍，我得去報告校長——」

「不！不行！」他立時面如死灰急得跳腳。「這件事要是被人知道我會一輩子都被人當成變態的！」

「因為你真的做了變態的事啊！既然不想被人當成變態，一開始就不要做！」

「那、那只是惡作劇，女生又不會受傷！」

不行，這傢伙根本不知悔改。我正要撥打電話給訓導老師，他就衝過來抓住我的手。

「嘻、嘻嘻，我知錯了，是我錯，是我卑鄙下流我不對。求你了學長，請高抬貴手，我會去向那些女生道歉認錯還你清白。請你不要把影片公開啊！我只是一時想歪了，求你給我一次機會，你說什麼我都會做……」

大概他平時也是這樣心口不一地擠出笑容奉承其他人吧，都不知道該覺得噁心還是可憐。

「那我把決定權留給受害者。我現在就約受害者過來，你當面道歉說清楚。如果她們能接受就接受，不接受要上報校長我就會把影片交給她們。你就拿出誠意來道歉吧。」

我正要用手機通知那幾個女生過來的時候，就聽到一道熟悉且開朗的聲音。

「抱歉打擾一下囉。」回頭一看，竟然是戴著獵鹿帽的歌真。「雖然有點突然，但是，現在就進入藍色水球事件．解謎篇吧！」

她身後竟然還跟著一眾受害者。

「學長，我的蛋糕就指望你了，請別讓我失望。」李學妹和她的好友學姐一起出現。

「杜振邦，上次放你一馬是因為姑且相信你清白。如果證明是你做的話，我會連本帶利討回來的。」芊芊捏著拳頭準備。

為什麼她們會知道我們在網球場？而且時間也太剛好了。

「哼哼，當然是因為我已經發現真相了！」歌真伸手指向我。「振邦同學，你掩飾也沒有用，我已經洞悉一切了！你就是扔擲水球的人！」

又來了嗎……不過這次沒問題，我有影片這個確實的證據，還做了雲端備份，萬無一失。只要放出那個把所有過程連同犯人樣貌都拍得一清二楚的影片，就不容犯人抵賴。

我冷靜地推了推眼鏡。「證據呢？」

歌真驚訝地眨眨眼。「你兩次都在現場被受害者目擊到耶，證明你不是犯人才需要證據吧？既然找不到證明你不是犯人的證據，那麼順理成章你就是犯人啦。」

哪裡順理成章了！

「不過，振邦同學不是個會做這種令人困擾惡作劇的人，但是在被大家討厭的情況下你還是做了兩次不願意做的事。只有有合理苦衷的人才會做自己不願意做的事。所以……」歌真一臉正經地說：「振邦同學是有合理苦衷才這麼做的。」

我失笑。「呃，我是有什麼合理苦衷要惡作劇？」

「就是因為這個人！」歌真單手插腰，指向網球社的學弟。

「那誰啊？」芊芊雙手交疊胸前一臉疑惑。

「啊，是網球社的一年級新生。」李學妹認出來了。「常常在這裡看到他。」

「我有印象，下旋球打得蠻不錯的那個新生吧。」學姐也記起來了。

學弟臉色微妙地露出難以置信的神情，他大概以為不會有女生記得他吧。

「大家還記得上個月在寬帽街出沒的蒙面暴露狂色魔嗎？」歌真從手機點出新聞。

芊芊伸手做出捏爆雞蛋的恐怖動作。「如果被我遇上，看我會不會追上去一手扯斷它——」

「呃，不建議這麼做，一般人還是先逃跑或求助吧。」我忍不住宣導起來，犯人可能有武器，反擊前最好先確定自身安全。

「就是他害我們上個月不敢去咖啡廳。」學姐疑惑地說：「不過我記得新聞說那個變態已經被抓到了。」

「對，但是這裡有個人打算效法。那就是——你！」

歌真的指頭掃過我時我還真的心慌了一下，幸好她的指頭是落在我身後的學弟身上。差點以為歌真要把我當色魔了。

「什麼？」學弟瞪大了眼。

「沒錯，就是你。」歌真一邊說一邊點頭：「你受到犯人啟發，打算當模仿犯。而且你也已經挑選好下手的對象了，就是這三位經常會路過網球場被你看到的可愛女生！但是呢，你的犯罪計畫卻意外地被振邦同學發現了。」

「什麼？」這次輪到我瞪大了眼。

「振邦同學雖然知道你打算做下流的事，但苦無證據，為了阻止受害者前往寬帽街，情急之下才不得不出此下策……事發那天，本來妳們都是打算去寬帽街對吧？」

「確實，我那天本來是要過去寬帽街看電影，發生這種事只好取消了。」沒想到芊芊點頭回答。

「所以，學長是為了阻止我們遇到色魔襲擊，才用這種手段逼我們提早回家嗎？」李學妹恍然大悟的樣子。

「因為沒有證據就算跟妳們說，妳們也很難相信，所以就用了這個方法。他不承認是自己做的是為了給學弟一個警告，希望他知道自己在調查他，想要他住手。」歌真搖了搖頭。「可惜學弟還是不肯放棄，直到今天終於被振邦同學抓到證據——」

「稍等一下，已經夠了。歌真，妳這麼努力想幫我挽回形象我很高興，但真相不是這樣的。這次我有證據……」

我點出手機裡的影片。

影片閃過兩三秒雜訊，然後就出現了寬帽街的街景，鏡頭外是學弟的聲音：

『……確實測過沒有問題，一切都準備好了。雖然上次錯失了機會，但根據我的調查明天芊芊學姐一定會經過這裡，到時我就可以○△□──』

因為說話內容太不堪了我連忙按下停止，女生們聽到臉都紅了。

為什麼會這樣？我的空拍影片呢！我點選上傳到雲端的備份，竟跳出了「檔案損毀無法下載」的警示。

「是啊，想要○△□之後呢？」芊芊額角青筋暴起，皮笑肉不笑地拳頭捏得啪啪作響走向學弟。

「嗚哇哇哇我知錯了學姐！原諒我吧！畢竟我都只有計畫還什麼都沒做啊！放過我吧！」學弟趴在地上拚命求饒。

「想不到你原來這麼變態，真是網球社之恥……」學姐一臉噁心。「我們錯怪你了杜學弟，幸好你阻止我們遇上他。」

不，不是這樣的，可是我已經呆住了不知道該怎麼解釋。

「這段自白放上網路你會社死吧。」李學妹臉色陰沉地說。

「對不起！是我錯了！再也不敢了！請原諒我！」學弟臉色發青。

看著學弟拚命向三名女生道歉求饒，我覺得自己就像看舞台劇那般被抽離的不真實感隔絕開來。從結果來說，也許還是一樣，但真相明明不是這樣的。

「振邦同學，這次我們去吃南海館的章魚燒吧！現在過去還趕得上特價時段呢。」

歌真不知道什麼時候脫下了獵鹿帽，事件解決鬆了一口氣的樣子，滿心期待地朝我招手。

「……不對。不應該是這樣的。」

「振邦同學？」她不解地看著我。

「我不承認這是真相，所以我的推理沒有輸。我不會請妳吃章魚燒。」

我轉身就走，快步離開這個如坐針氈般令人不愉快的空間。

「咦？咦咦？你生氣了？」

有點慌張的聲音從後面追上來，我不理會繼續朝校門走去。

「等、等一下振邦同學……等一下！」

終於我還是心軟放慢了腳步，歌真不知所措地繞到我面前張開雙手攔住我。

「那、那不如，這次換我請客吧！」她再次露出笑容，就跟平常一樣想要若無其事。「如果不想走那麼遠，我們可以去上次那一家——」

「那麼妳是承認妳作弊了？」

「先別管比賽了嘛！我們去吃好吃的章魚燒……」

「我不知道妳是怎麼做到的，但妳一定是作弊了。」

她委屈地鼓起兩頰。「真相什麼的，推理什麼的，有那麼重要嗎？比和歌真一起去吃章魚燒還要重要嗎？」

推理什麼的不重要啦你要吃章魚燒嗎

第五章

怪物的告白

她嬌嗔的樣子雖然可愛，但偵探有不能退讓的底線。

「因為便利貼的事件，讓我想到可以查學校的門禁卡系統確認丘同學的到校時間。後來我稍微用了點辦法，總算看到紀錄。」

接待處電腦旁的筆記本就寫了系統密碼，我幾乎沒怎麼費神就找到了。

「告白信事件當天，他的確是比平常提早在七點二十分到校。除了那天，他都差不多七點五十幾分才會進校門。」

結合裝修工人和暗門等等因素，他的確「有可能」在當天早上放下告白信。

「但巧合的是，他平時在小說平台日更的時間，都是早上七點四十幾分。我假裝是粉絲在平台留言問他，他說他習慣在早上坐公車到學校時在車上寫小說，然後在下車前貼上平台。」

「啊。」歌真輕摀著嘴巴。

「那天他也有張貼小說，如果他真的是在七點二十分到校，那麼張貼時間也該提早二十分鐘左右。但是呢，他那天貼文的發表時間，竟然是不存在的『七點九十九分』。」

「那不過就是網站系統出bug了嘛。」她尷尬地笑著反駁。

到這地步她還是不肯承認，那我呢？

「那封信絕對不可能是他寫的。」我深吸一口氣說：「因為那是我親筆寫下，親手放進妳的桌子裡。」

她瞪大眼看著我，像是想說要說什麼又不知該說什麼。

結論已經在我腦中確立，只是需要時間接受而已。偵探的鐵則就是，排除掉所有可能性後剩下的唯一可能性不管多麼離奇，都是答案。

「不管是小熊餅乾、便利貼和剛剛的水球事件，我明明都用推理找出犯人了。但事件卻都在妳說出另一個真相後，就被扭曲了。起初我還以為是妳跟大家串通撒謊，好讓事情有個比較圓滿的結果。但剛才，竟然連我拍的影片也變成了在幾分鐘之前根本不存在的東西。」

我定睛看著她。

「妳改寫了現實。我不知道這是什麼能力，但這是唯一可能的解釋。」

我的高祖父和她的高祖養母曾經捲入一起超自然事件，看來，那是字面意義上的超自然事件。

「妳不要再否認了，妳根本就是珍妮．瑪寶的養女的後人。是從她那裡得到了什麼能夠改寫現實的寶物嗎？你們到底都用它來做過什麼？馬家會變得這麼富有也是用了這個能力嗎？」

反駁我吧！不管是什麼樣的理由，反駁我說的「改寫現實的能力」這種超自然的結論啊！

「呃，不，不是……」她哽咽著抓住裙襬。「不是那樣的……」

我皺起眉頭，狠下心繞過她離去。沒錯我是很喜歡她，但如果她始終不願意跟我說真話我們沒辦法繼續對話。

「不、不要走，不要丟下我啊！奧古斯都！」

我驚訝地回頭，只見歌真連忙摀著嘴巴似是後悔脫口而出。

「對不起，對不起。」豆大的淚珠滑落，她掩面哭了起來。「明明知道你不是他，我還是……」

「妳——」

我退了一步，突然感到背後像撞上柔軟的牆壁一般。我連忙伸手摸向後方，卻摸到某種透明的東西擋住我的去路，而且那東西還會動，嚇得我連忙縮手。

同時我也終於注意到剛剛覺得好像太安靜的違和感不是錯覺。現在除了歌真的哭泣聲之外根本聽不到任何聲音。別說人聲了，連蟲鳴鳥叫和學校外面的汽車聲音都沒有。

舉目所見沒有半個人，樹木靜止到連樹葉都不會動一下，四周彷彿影片被按下了暫停鍵一樣。

而且我被困在這個畫面裡了。

「妳做了什麼？」我駭然問。

「我只是想大家開心……我只是想大家都開心啊……嗚嗚嗚嗚……」

她蹲在地上崩潰大哭。

我試著尋找出口，但摸上看不見卻會動的東西實在很噁心，總之我們被某種東西包圍了。回頭只看到可憐地放聲大哭的少女，除此之外看不到什麼立即的危險。

趕快冷靜下來吧，這顯然是某種超自然現象。超自然現象就超自然現象吧，只要理解新的規則，總有辦法用邏輯解決的。

「該不會，妳就是珍妮·瑪寶本人？」

我倒抽一口氣，試探地問。會衝著我叫出我高祖父名字的，也只有曾經見過我高祖父的人了。高祖父雖然留下了一些油畫畫像，但都是成年後留著八字鬍的樣子。雖然有長輩說過我眼睛很像他，但我自己看就不覺得有哪裡像。

「咦……珍妮？這名字好熟……」歌真神情恍惚地喃喃自語：「還是茱莉亞？歌莉亞？馬麗麗？不好意思，好像有點印象又好像沒有……歌真不太記得了……」

我起了雞皮疙瘩，這時候反倒為自己一猜就中感到恐怖了。

「在一九一〇年的法國巴黎歌劇院，到底發生了什麼事？」

「一九一〇年……歌劇院？」她眼神茫然地飄著，一邊抽泣著一邊自言自語：「不是『歌劇院』，是『歌劇本』哦，確定回收了……一九一〇年……還有留著那一集嗎？」

她伸手在地上摸索著不存在之物，彷彿地面上有什麼雜物她要翻來覆去找出來。

「不，不能全部放出來……在哪裡……啊，找到了，剪輯過？安全？」她繼續自言自語，對空氣做了把錄影帶放入播放機的動作。

我們本來就在校舍旁邊，突然牆壁上的窗戶全部都同時閃了一下，玻璃像電視般閃過黑白的雪花，然後出現了畫面。

『前情提要——』

黑白影片出現的同時，冒出了一聲中性的旁白聲音。就像古老電視劇的畫面裡，是一對穿著上個世紀服飾的紳士淑女。

『親愛的珍妮，我們終於找到了。看，邪惡魔教的祭壇竟然就在這裡，我覺得妳應該留在這裡等我。』

『喔不，親愛的奧古斯都，我覺得我們應該要再等一下，教授的譯文還沒完成，裡面或許真的有可以克制邪惡力量的方法……』

『哈哈哈哈，他們嚇到妳了嗎？親愛的，那不過就是些神棍，是利用人類思考盲點作惡的壞蛋，就讓我們用知識和理性去揭穿他們的把戲吧！』

紳士推開了一道門，門後是一條往下的樓梯。

『親愛的，小心腳步——』

畫面突然閃過雪花，再有畫面時鏡頭卻晃動到根本無法看到畫面裡有什麼。本來的老派背景音樂消失了，只剩下高分貝的尖銳叫聲。影片突然變成實驗電影般的寫實風格，鏡頭像跟著誰在幽暗之中激烈奔跑。

『啊！哇啊啊啊啊！』
『奧古斯都！不要丟下我！』
『啊啊啊啊——！』
伴隨著一陣令人心驚膽顫的奇怪音效，像是和著黏液咀嚼和利爪刮玻璃似的聲音，畫面像被投擲一般急速旋轉飛動，難以形容的東西閃過畫面，然後只剩一片黑暗和慘叫，「影片」停止了。
我全身寒毛直豎，頭皮發麻。彷彿B級恐怖電影的爛劇情，我卻被嚇得跌倒在地上動彈不得。
超越理性分析，大腦裡某處本能理解到剛才閃過畫面的東西是真實存在的，無法解釋。
「不……不能怪他。」歌真搖搖晃晃地站起來，看著畫面，帶著憐憫的目光。「他的理智已經徹底崩潰了，連人格都被破壞掉了，只剩身體的求生本能驅使逃跑。正常的奧古斯都，不管發生什麼事都不會丟下我……在心跳停止之前，他在那時候就已經死了……」
『見到吾面而理智未竟全失之人，唯此一女。』

剛才影片的旁白聲音，再度從變成黑色畫面的各片玻璃窗傳出，形成恐怖的立體聲效果。

「我只記得我要救他……我不能發瘋，我一定要保持清醒才能救他……」歌真哭著，雙手抱頭，全身顫抖。

『愛情，猶如劇本之魂。吾欲賞之，賜女吾福。』那是越聽越分不清楚是男是女是老是幼的聲音，總之有種令人厭惡的褻瀆感覺。

「怪物離去了……但沒完全離開，它留下了一部分……就像終端。它吞噬了我……或者說是同化了……還給了我可以改寫現實的能力。」

窗戶上的畫面再度跳動，又回復了黑白電視劇的畫面。昏倒在地的紳士醒來。

『犯人已經逃走了。』淑女掩面哭泣，對一臉迷糊的紳士說。

『什麼？往哪裡逃？我們快追！』

『不用追了，犯人和劇本都消失了，在千百萬光年之外。』淑女脫下了手上的訂婚戒指交還給紳士。

『還有，我要跟你解除婚約。』

『什麼？』紳士驚訝得張大嘴巴。

『我不會嫁給你，我們以後也不要再見面了。』

淑女說完就轉身離開。影片再次變成雪花雜訊。

「哈哈，畢竟我已經變成怪物了嘛，怪物又怎麼能跟人類結合呢……對啊歌真是怪物……都差點忘了……」少女夢遊般傻笑著。

現在我該怎麼做呢？我的全明星偵探親戚團之中，有誰面對過這樣的狀況我能參考嗎？恐怕沒有。但是我知道，不管是哪一位，他們面對這種狀況都一定會——保持冷靜。

消化情報，再想想可以怎麼辦吧！我穩住抖動的雙腿從地上爬起身。

「妳用改寫現實的能力救了我的高祖父。」

終於真相大白。珍妮沒有負心拋棄未婚夫，曾經拋棄對方的其實是高祖父，只是他忘了。

女偵探解除婚約的原因是不想連累對方，決絕無情是因為愛。我都有點被感動了。

「改寫現實，到底是怎麼做到的？」

「是怪物的惡趣味呢。」少女露出明顯厭惡的表情。「它讓我只要用三段論說出的話都會變成真實，無論是多麼不合邏輯的三段論……」

寫信的人是喜歡用粉紅色文具的男生。丘同學使用粉紅色筆袋。所以寫信的人是丘同學。

犯人是個擔心柏軍同學減重失敗的人。柿子李擔心柏軍同學減重失敗。所以犯人是柿子李。

犯人擁有沒人能看到的袋子。羊駝的胃袋就是沒人能看到的袋子。所以犯人是羊駝。

只有有合理苦衷的人才會做自己不願意做的事。我做了兩次不願意做的事，所以我有合理苦衷。

回想起來，確實可以勉強當成三段論，雖然都是荒謬的邏輯謬論。

這真的太惡趣味了，對一個偵探來說。

「這根本是懲罰遊戲嘛。你想想，不管我說出口的三段論是對是錯，都一定會變成『對』。那我的推理還有什麼用啊？不，應該說，萬一我的推理出錯，不就扭曲了事實嗎？會把本來是無辜的嫌犯變成犯人，把真正有罪的犯人變無罪……不行，我不能再推理了，我不可以再推理了！」

歌真拚命搖頭，像要甩去什麼記憶。

聽她這麼一說我懂了，要是有這樣的強制效果，作為偵探的意義就都被破壞了，也根本不可能再享受半點推理的樂趣了吧。太可怕。

「所以、所以只能躲回鄉下去了，就那麼孤獨終老吧，讓我跟體內這頭怪物同歸於盡……本來是這麼打算的……但是……」少女抱著肩膀顫抖起來。「太天真了，怪物是不死之身，所以，我當然也不會死啊？自殺也沒有用，會從屍體再長出新的幼體，哈哈哈，我沒辦法死……只會不斷死而復生……」

想像那個畫面，我再次打了個寒顫。

「啊，其實嘛想想也合理。」她突然開朗地笑了起來，那是瘋狂的笑容。「就像續拍新季一樣。長壽劇目都怎麼辦？對了就換個主角嘛，變化外貌，再換個名字，搬個地方，登登！新一季又來啦！不過是每次都消失一點記憶和理性而已……」

突然間，她又消沉下來，淚流滿臉。

窗戶無聲閃現了各國年代的新聞片段。二戰的士兵步操前進、坦克、戰機、平民浴血抵抗士兵、被士兵監禁凌辱的女子、噴射化學武器的戰車、誤踏地雷的兒童被炸死……

「對不起，對不起，就算擁有可以改寫現實的能力，也沒有辦法阻止……戰爭，殺戮、死亡、強暴、殺戮、死亡、強暴、死亡、死亡、死亡……啊啊啊我沒法阻止悲劇，人類的瘋狂，全球的變數太多，這樣有限的終端沒辦法……不管怎麼推算、怎麼思考，我做不到，做不到……還是說，這都是因為我？因為我介入了？」

我這才想起，如果她是珍妮本人，那她就是經歷了一戰和二戰。

一個人要是有了可以改寫現實的能力，會忍得住不去阻止或改變戰爭嗎？

但顯然她嘗試過也失敗了，我無法想像那是多麼大的挫敗感。同時想到我現在認知的歷史可能已經是她改寫過的結果，就感到一陣顫慄。

到底在她一個人的意志影響下，戰爭的破壞是變小了還是變大了？畢竟這世上還有蝴蝶效應，連我都可以想像環環相扣，改變一件事，可能連鎖反應導致更壞的後果。

少女徬徨地原地繞圈。

「這力量不能用！絕不能再用！躲起來好了，我到底為什麼存在呢？不知道，邏輯和意義是什麼？不知道。只有我一個，沒有人，沒有人知道我，沒有人認識我，我也不認得我自己了，好寂寞，好寂寞，好寂寞……」

讓人心碎的自白。上百年的孤獨無助和絕望，她是怎麼撐過來的？

「歌……」我一時哽咽，想呼喚她卻不知道該叫她珍妮還是歌真。

她轉向我，突然溫柔地笑了。

窗戶玻璃突然各自播放不同的影像，有部分是我認得的電影和電視劇。

「沒關係啊，奧古斯丁，我還有戲劇，電影真是好東西，還有電視、網路影片……啊啊，真好啊，在故事裡的邏輯都自成一國，劇本裡的邏輯都可以自圓其說，真好啊……可以不斷重播，影片裡的角色可以一直陪著我……他們不會老……」

她在地上抱著膝蓋縮成一團，眼神虛無地盯著無數影像。

我想我終於明白為什麼她會變成影視宅了。

「不管了，好累啊，歌真現在只想快樂，只想看電視，只想開心吃章魚燒，歌真有好好限制自己的能力在最小的範圍內，世界什麼的都不管了，歌真要隨心所欲，只要自己四周的人都開心就好。」

她這句自言自語給了我線索，為什麼我放上雲端的影片備份會損壞，丘凌的貼文日期會出錯而不是被重寫。可能是因為這兩者都是存放在國際平台，是放在外國伺服器的資料。也許她的改寫能力被限制在本地了。

「妳為什麼不向杜比家求助呢？」透過我們家族的網路，說不定有可能找到解決方法。

「哈哈，哈哈哈，解決？怎麼解決？沒可能，連我都沒辦法用改寫現實的能力解救自己，還有誰可以？哈哈……誰？啊，斗膽，區區凡人竟想跟吾談判！」

半晌我才意會到這句話後半不是對我說，而且她的聲音也不知不覺跟「旁白」的聲音重疊了。

我身旁的窗戶玻璃轉了畫面，竟如常地反射出校舍操場的影像，以及一位穿著西裝咬著香菸的男人。

「爸？」我愣了一下，沒記錯他這陣子應該在中東調查什麼木乃伊失竊案，怎麼會回來了？

「幸好姊姊告訴我不然都不知道你居然這麼斗膽，晚點再教訓你。」爸爸一臉嚴肅。「瑪寶小姐，請妳放了我的兒子。」

「咦咦？說誰？振邦同學嗎？沒有……人家沒打算對他做什麼……」歌真委屈

地用力搖頭。

「那就請讓振邦回來，妳是怪物，他是人類，你們沒有可能的。」

「爸，別說她是怪物。如果不是她，高祖父早就死了！」

「兒子啊，你醒醒，她就是怪物。珍妮．瑪寶在一百年前就已經消失了，現在存在的只不過是一隻披著人皮失去正常理性的怪物。如果珍妮．瑪寶還存在，她一定也不會想自己以這樣的姿態繼續害人。」

「她沒有傷害過人！」

「那是可以扭曲現實的吃人外星怪物啊！怎麼可能不會傷害人？」

「吃人？」

我望向歌真，她垂著頭沉默不語。真的嗎？歌真會吃人？

「妳對我們家族有恩，可以的話我也不想這樣。不過我已經清空了校園一帶，也從美國教會借來了足以重創妳的東西，希望妳可以就此收手——」

歌真站了起來……不對，是浮了起來，她和旁白的聲音重疊著放聲大笑。

「愚昧，吾乃黃衣之王哈斯塔，汝以為爾等法器能傷及吾半分——」

突然我被連聲轟隆爆炸包圍，在火光中，我駭然看見四周原來被長著無數小眼睛的黃色黏膜和噁心帶刺的觸手包圍。在遭到轟炸後，剛剛我還看不見的東西現出原形，肉塊和觸手劇烈地抽搐蠕動。

「啊啊啊——！」

少女發出痛苦的叫聲，我幾乎要以為自己看錯了，那些黏膜和觸手竟是從她身上延伸出去的，形成一個半球狀的密閉牢籠，少女的容貌和肉體已經變成無以名狀的姿態。

確實是，怪物。

而且看那些像螺旋攪肉機般的裂口，怎麼看這東西都不是吃素的。

這不是人類邏輯和理性能對抗的東西，我的思考麻痺了。

「抱歉，救子心切一時口誤，我是說美國國會。」我爸威脅道：「剛剛只是普通砲彈，如果妳還是不肯放人，那就只能出動戰略核彈了。雖然殺不死妳，但至少可以把妳炸到無法反抗，再將妳關進火箭，ＮＡＳＡ已經計算好朝太陽系外發射的軌道，就請妳不要再回來地球了。」

少女哀號：「不行，住手！要在外太空接收地球的影集太 lag 了！」

難受的點是這個嗎！

忍不住吐槽之後我也稍為恢復了理智，唯有背向少女望著「視窗」轉移注意力。

「核彈？爸你是說笑吧？」

「沒說笑，為了移除人類的威脅，必要時你就為人類壯烈犧牲吧。我和你媽會以你為榮。」

「我不覺得她對人類有惡意！」

「她是會改寫現實的怪物啊，根本是追求真相的偵探天敵。你知道她已經把這個小城市的現實改寫幾次了嗎？」

不知道為什麼，那天項鍊讓我看見的幻覺驀然浮現腦海。我一時難以呼吸。

「歌真只是想大家開心……這有什麼錯……」

少女的哭聲一直在身後傳來，卻也夾雜著如同來自宇宙深淵一般的虛無呻吟聲，聽著會覺得自己的大腦快要被抽真空了一樣。假如這只是高祖父當年面對的怪物所留下的一小部分、一個弱化版本，難怪高祖父當年會當場瘋掉了。我也快要瘋了。

然而，我也因此突然意識到一件很重要的事。

我努力令自己不去看那些蠕動的觸手，盡量以不顫抖的平和聲音發問。

「妳可以把現實變回去嗎？」

「變回去？什麼意思？這就是現實了嘛，歌真沒有說謊，因為歌真說的都是真實哦。」少女的聲音質感漸漸起了變化，像從無比遙遠的地方傳來的迴響：「振邦同學，難道你覺得本來的會比較好嗎？那是個爛劇本，超殘忍的哦！」

窗戶玻璃閃出可怕的畫面，那是我在項鍊幻覺中曾經看過，只是放大和變得清晰了。清楚到我終於認得出，倒在一片血泊中動也不動的少年的臉，是志衡……

我用力閉上眼睛不想再看下去。在歌真改寫之前的現實到底發生了什麼事，我完全無法想像。但那一定是熬過一、二戰的她無法再忍受的難過事態。

「……代價是什麼？」我沉聲問：「改變現實不可能沒有代價。」

「代價？沒有耶，不用什麼代價。只要吃掉某些人就行了啦。」

我猛然顫動了一下，悲哀地明白到老爸說的話是真的。

吃人的怪物。

「這樣是不對的。」我咬了咬牙。

「為什麼不對？為什麼？」背脊傳來觸手磨蹭的噁心感覺。

「振邦同學，放棄吧，這個世界本來就不講道理。邏輯救不了任何人，嗯，沒有用！來吧，放棄理智，不用思考……歌真保證一定會沒事的，一切都會很好，大家都會開心……」

我倒抽一口氣，這不是歌真的聲音。

「這樣下去妳只會更加寂寞。」

觸手倏地停住。

「這會漸漸變成『妳自己一人的現實』。壞事固然很令人討厭，世界有很多殘忍的事，但那是『大家的現實』，是包含了所有人的意志和行為的結果。妳按自己的喜好更改的話，其他人的存在意義會越來越稀薄，妳遲早會對這樣的世界生厭。」

沒有任何意外和負面劇情的故事，會沉悶得令人難以忍受吧。

「而且妳應該已經試過了，妳沒辦法完全控制改變事實後的連鎖效應。哪怕妳把規模限制在特定地區，妳也沒辦法完全確定。」

她剛剛自己說過「變數太多」，這個怪物的力量並不是無限的。

「總之結論就是，妳不應該這樣做，不能再繼續這樣下去了。」

如果必須吞食某個人才能救活志衡，諸如此類，這些選擇全都由一個人來做的話，也太殘酷。

「錯了嗎？連你也覺得我錯了嗎？歌真錯了？」少女的聲音忽遠忽近，彷彿喃喃自語。

轟！

頭頂又傳來一波轟炸，一些觸手被炸裂噴出泥黃色的黏液，可是在快要濺到我身上時，卻像碰上保護罩般彈開了。我下意識地掏出項鍊，發覺晶石上的家族徽章只有星形的圖案和中間的D字微微發光，橫放的D字看起來像隻眼睛。

空間迴盪著憤怒和悲哀的鳴叫，不像人類或任何動物的聲音。

「前菜上完，核彈已經設定好。瑪寶小姐，一命賠一命，小兒就當是還清妳給我們祖先的恩情吧！」

該死，老爸真的要拿我這個兒子當活祭品？

「等等！讓我再跟她談一會兒！」

「對付這怪物的機會很難再有。兒啊，你還有什麼遺言，我代你轉告媽媽。」

冷血魔鬼！

「不要，核彈的話振邦同學會死的，這不行……」

一道光線穿過肉塊的包圍射進來，包圍四周的黃色觸手和黏膜蠕動，燒開了一個蛇目型的缺口。

她要放我走？

「機會來了！振邦，快出來！」

全身上下都在排斥這個令人頭皮發麻的空間，我的腳幾乎就要自己轉向出口飛奔而去。

「為什麼妳要將告白信改寫成丘同學寫給妳的？」我還是忍不住問出了最在意的問題。

「聽了我剛才說的話，振邦同學還是推理不出來嗎？」身後傳來了有點寂寞的聲音。

其實我有點頭緒了，但是我想聽她親口說。

「第一次在學校見到你，我就知道你是奧古斯都的孩子。我想，真是太好了呢，幸好當時有救到他，真是太好了。」

雖然看不見，但我總覺得她在說的時候臉上一定泛起了淡淡的笑意。

「一看到告白信上的火漆印我就知道是你寫的，但是，我害怕了……萬一，萬一那真的不是你寫的呢？別人盜用了你的印章之類？萬一本來不是你寫的，卻因為我不小心說出口的推測而『變成』是你寫，那怎麼辦？不行，唯有這件事，我不能因為自私的期待，而強迫你變成喜歡我啊……」

「那只好，陷害是別人寫的了。信封上有那個印記保護，卡片不會受我的力量影響被改寫，就算告白信的現實被改寫了，我仍然可以好好保存這個當紀念品……」

「我僅存的理智一直告訴我，我應該要遠遠看著你就好，不能更貪心了……但看見你在現實被改寫後還是不死心，實在忍耐不住……」

歌真……

「跟你一起去吃章魚燒真的很開心。振邦同學，我們不再見了。」

詭異的空間漸漸充滿難以言喻的色彩，那是地球上不存在的顏色。我忍不住轉身面向她。

「妳要做什麼？」我駭然問。

「快離開吧，我要重寫這個時空。」她的表情放空，聲音突然變得平板起來。

「重寫成你不認識我也記不起我的現實。沒事的，一切都會很好，我保證這是個

「一點都不好啊！剛剛我不是說了不要再用這種力量嗎！」我生氣了。

「振邦你還在磨蹭什麼？快出來！趕快離開那頭怪物！倒數開始了！」

「所有知道、記得和喜歡歌真的人都不會幸福。」

我踏出腳步。

「杜振邦是個一輩子都會幸福的人。」

朝著出口相反的方向跑過去。

「所以他不會認識、不會記得也不會喜歡——」

她沒辦法說出第三句狗屁不通的結論，因為嘴巴被我封住了。

我吻了她。

當然，為了防止她有開口說話的機會，可不能蜻蜓點水就算。為了不辜負我的法國人高祖父，就算是第一次也只好拚了！

我感覺到很多噁心的觸手纏上我的手臂，想要扳開我捧著她臉頰的手，有些觸手還想來勒我的脖子。但我打死不放。

後來觸手的感覺漸漸從手臂和身上消失，在我終於沒氣要放開她嘴巴的時候，我發現那些黏膜和觸手通通都消失了，我已經回到正常的空間，歌真也變回了平常的模樣。

也許不太平常，她滿臉通紅眼神迷濛地看著我。現在這麼近，我才發覺她那雙眼睛黑得不可思議，像是可以透過那雙眼看見宇宙深處……

「哇，不行，不要盯著看，會發狂的！」她急急忙忙回過神來用雙手摀著自己的眼睛。

「不錯啊，為戀愛發狂，聽起來很浪漫。」我微笑著拉開她的手。

「不、不行，我是怪物……不能用人類來填補我裡面的黑洞……」

「那就不要用我來填啊，在身邊陪伴不行嗎？」我扶正眼鏡，認真地說：「讓我一直陪著妳，如果妳失去理智，那就讓我來成為妳的理智。推理什麼的就交給我吧，妳只要一直開心就好。」

她像聽到什麼難以置信的話，半晌愁容才轉憂為喜。接著她終於露出真實的笑容，張開雙手撲進我懷裡。

「咳。」

聽到老爸的乾咳，我才看到我爸就在不遠處盯著我倆。挺尷尬的。

「兒啊，你長大了。」他感嘆地吐了一口煙。

「請放過歌真！不要放核彈！」

左右張望，沒看見我以為會見到的千軍萬馬，就只有我那個悠閒地倚著大行李箱抽著菸的老爸。

「哈哈哈哈哈，唬你的。核彈啊，你以為是滷蛋嗎說借就借。」我爸再呼一口煙，滿臉嘲諷加半分鄙視地瞄向我。「這麼容易就被騙到，嫩。」

混蛋老爸！

「我不是會拆散下一代戀愛的封建父母，只是怕你根本沒想清楚。有道是，看過女人卸妝素顏的樣子後還愛下去的，大概就是真愛了。想當年我和你媽欸……」

我不是想要繼續聽父母的浪漫史，而是啞口無言了好一陣子才開得了口。

「所以你不反對……？」本來就？

「都二十一世紀了嘛。初戀對象是外星人也好，星際外交界偵探，應該還沒人開發過，是珍貴的藍海市場！就當是為杜比家的發展超前部署好了。這年頭偵探業務跨足其他圈子是常態。加油啊，我的兒子。」

「……」我無言了，徹底地無言了。

「你姑母就是窮擔心，怕嚇到你們小輩才一直不跟你們說。她是靈媒偵探，丈夫又怎可能只是個普通人類。不然你以為我們是怎麼查到瑪寶小姐的故事呢？」

腦海浮起家族聚餐中見過的中年男人，對古籍如數家珍的舊書商，不是普通人……之類的嗎？嗯。

現在再跟我說什麼也嚇不到我了。

「既然你們一早知道怎麼不處理！」

「要處理就真的得像我剛剛說的那樣。秋燕有跟你說過吧，這不是偵探能處理的事了。不過可能你是例外。」老爸抖了抖菸灰。「這個少女始終是人類威脅沒有錯，對人類來說合理的做法就是發現即驅除。所以你了解你剛剛說要放過她，需要背起什麼責任嗎？」

我慎重地點頭。

「那我也該把這些炸古墓剩下的手榴彈還回去了。記得不准為戀愛荒廢學業，也不准情侶吵架不小心毀了地球，你媽會殺了你的，懂？」

然後我爸瀟灑地拖著神祕的行李箱離去了，那背影讓我出神了半晌才回過神來。

我忽然想起剛才那麼緊張的狀況，我反倒一次也沒有冒出模仿親友的壞毛病。也許是因為狀況太特殊了？被外星生物脅持，我還真的想不到哪位名偵探親戚曾有過經驗。

小時候看身邊的大人，每位都是偵探界巨人，說不定我就是下意識覺得非要他們才能解決事件，才會不自覺模仿他們。難怪堂哥說我是不夠自信。

那麼，現在我可以算是能獨當一面了嗎？

「有一件事我還是要問清楚，剛剛提到吃人的事到底是？」這件事始終要問清楚，無論如何都要找到替代糧食。

歌真為難地皺起眉頭。

「是的，我身上的怪物會吃人，但要我茹毛飲血我受不了，這個軀殼只要章魚燒就夠了。所以我偷換了一點觀念……吃人就是吃掉人的存在，沒錯吧。那些被改寫掉消失的真實，會被吃掉，由三段論虛構的部分補上……」

「等等，這有點抽象，我不明白。」

「具體舉例來說就是，美慧被我吃掉了一部分的存在，大約三分鐘左右的人生。」

「所以她會比原定的壽命早死三分鐘？」

不是真的把人生吞讓我鬆了一口氣……不過，誰也不知道生命最後三分鐘有多重要，這樣一想又過意不去。

「不一定。」出乎意料地，歌真托著頭說：「她的固有壽命確實會少了三分鐘，但是因為損失了過度干涉男友的部分，因失戀患上抑鬱影響健康的可能性減少了52％，綜合預測有65％的機率她的存在時間會延長二十秒。」

居然！

「不過要大幅度改寫現實就有可能會一口吃光……真的就這麼立即從歷史的舞台上消失不見哦。會被人類怨恨和害怕也是沒辦法的，因為理論上我真的會吃人。」

她說的時候雖然很哀傷，但沒有半點內疚感。我終於明白為何我會感到真誠和不真實同時矛盾地存在於她身上。這不是單純的瘋狂，是常人邏輯理性徹底崩潰後，產生的另一種非人類的思維。

不能用人類的罪惡感約束她，但她也不是毫無邏輯地發狂。

在看到那頭無以名狀的怪物時，我就明白到，那根本不是人類可以溝通的東西。不只是語言的問題，而是存在的形式相差太遠了。

既然無法溝通，本來就不該發生剛才的事，在我能反應之前我就應該已經萬箭穿心了。但剛才那些影像，那些解釋，不就正好說明歌真想要讓我明白嗎？甚至不惜翻譯了怪物的意思。

一百年前支撐著她沒有跟我高祖父一起瘋掉的那個心願，至今仍然支撐著她勉強維持著可以跟人類溝通的模樣。

我伸手摸摸她的頭。

「抱歉，我爸居然拿手榴彈炸妳……會痛嗎？」

「不要緊，就像斷掉頭髮而已。」

只是斷頭髮的程度……

「總之，以後別再用這種能力了，真的忍不住很想用就先跟我商量好嗎？」

歌真瞪大眼看著我，然後露出毫無掩飾的燦爛笑容。

「好！」

「那我們去吃章魚燒吧。」

「耶！章魚燒萬歲！」

她開心地牽起我的手，大步朝校門走去。對了，她為什麼那麼喜歡吃章魚燒？算了，有機會再問吧。

現在，我只想好好享受我的戀愛，也許算不上是小清新，但有點宇宙電波的也不錯。

（全文完）

番外篇・一　紅包什麼的不重要啦你要吃章魚燒嗎

紅包到底什麼時候可以拆？

有說是年初七，有說是初十五，有說是初十六。不過這都不適用於我們起源自法國的奧古斯都家族。

別誤會，所謂入鄉隨俗，我們遠東的分支一向都有發紅包的習慣。只是方式有點特殊，我們一收到長輩發的紅包就可以馬上拆。

我一收到身在法國的祖父母寄給我的紅包，就毫不猶豫地拆開，裡面沒有紙幣，卻只有一張寫滿了數學算式的紙條。

看起來像是微積分，但實際上不能只用數學去解，這是陷阱。這樣那樣調換的話……果然沒錯，這是座標。

我們家族的紅包比較像是尋寶遊戲，由紅包裡的第一個提示開始，解開再找第二個、第三個……總之初十五之前能找到答案的，才會收到真正的紅包錢。失敗了就隔年再努力，因為理性的思考比幸運重要。

偵探世家有這樣的傳統也合理啦，反正疼孩子的祖父母都會放水，比較嚴厲的親戚例如姑母的紅包也很有挑戰的趣味。

總之我今年也鬥志高昂地出發追捕我的紅包錢了。

座標對應的地點是學校附近的兒童遊樂場。我輕鬆地散步過去，竟在那裡遇上意想不到的人。

「嗚哇～～嗚哇～～」

坐在鞦韆上淒慘地哭泣的，竟是馬歌真同學！

「歌真同學？妳怎麼了！沒事吧？」

我慌忙朝她跑過去。大概孩子都被家長帶去拜年了，平常很熱鬧的遊樂場裡現在空無一人，只有歌真一人在啜泣。

「咦？振邦同學？」她抽著鼻子，強忍著淚水說：「沒有了！都沒有了！」

什麼都沒有了？難道遇上劫匪還是被人欺負了？可惡我絕對不會放過那種——

「今年竟然連硝壺丸都……沒有營業！嗚……明明去年新年都還有營業的！嗚嗚……」

硝壺丸是章魚燒專門店之一。

原來如此，我冷靜地推推眼鏡，也就是那個可能性終於發生了吧。

在春節期間，很多商店和餐廳都會「收爐」休息，有些會一直到初八才開市。去年因為經濟不好，不少商店新春期間也照常營業。但看來，今年本市的章魚燒店舖都在春節休息了。

「歌真今天找遍了所有店家，都買不到章魚燒啊——！」少女發出了悲鳴。

「哼哼哼哈哈哈，會發生這種事也早在我的預料之內，犯人是絕對逃不出我的可能性之網……啊不好意思，再來一次，咳。」一不小心就擺出了統計學家偵探四叔的招牌動作，我尷尬地收回伸向天空的手。「我是說，如果妳不介意的話，我有辦法——」

「真的嗎？你知道哪裡可以買到章魚燒？」她眼睛都亮了，立即從鞦韆上跳了下來。

歌真今天就跟平常一樣戴著小皇冠髮飾，但是並非穿著校服，而是穿著米黃色的絨毛長外套，隱約露出膝蓋長度的橘色裙襬，再配上棕色長靴。看起來就像一隻毛茸茸的可愛小鴨子，實在令人很想端在手心上磨蹭……

「嗚哇～～嗚哇～～」不遠處又傳來哭泣聲。

大過年的，到底搞什麼都在哭。我和歌真忍不住朝聲音的來源看去，只見一個小女孩蹲在遊樂場入口哭泣。

「小朋友，你怎麼了？迷路了嗎？」

總不能放著哭泣的小孩不管，我和歌真走向她，附近沒看到大人。小女孩年約五、六歲，穿著紅色福字圖案、很有節慶特色的小裙子，頭髮綁成兩個小小的丸子，很可愛。這是跟父母去拜年的打扮吧，手上還拿著桃花形狀的風車。

「紅包……嗚嗚……」

「紅包怎麼了？」

「我的紅包全都不見了！嗚嗚嗚……」

她身上掛著一個小包包。背帶勾到衣服的鈕扣，於是反轉了開口朝下，裡面當然空空如也。

「是掉在路上了嗎？」還真是一目了然的問題。「妳叫什麼名字？妳的爸爸媽媽呢？」

「嗚嗚嗚嗚……紅包全沒有了……」

小女孩只懂重覆這句話放聲大哭。真沒辦法。

「不好意思，歌真，妳可以先等我一下嗎？我先處理一下這孩子的事回頭再找妳——」

「你打算怎麼做呢？」歌真歪頭問我。

「就帶她原路走回去，看看掉在路上哪裡。」

我打算就算找不到紅包，至少原路走回去也有可能找到她的父母。要是都找不到，又問不出小孩的資料，就只好帶去警察局了。

「我來幫忙！讓歌真的推理也幫上忙吧！」

歌真突然冒出了幹勁。也好，比起哭泣果然還是有朝氣的臉更適合她。

於是我們牽起了小女孩的手，三人一起慢慢沿路走回去，直到第一個路口。

「分岔路呢。」歌真彎腰問：「小妹妹，妳記得自己從哪邊過來嗎？」

「嗚哇哇～～紅包～～嗚嗚嗚……」

現在的小孩到底是有多執著於紅包。

「不用問了，是左邊。」我說：「她抓著不放的風車，應該是在車站前的小攤販買的吧。右邊一路走去都沒有適合擺那種路邊攤的地方。」

我們一邊走一邊留意地面，走得很慢，但既沒找到紅包也沒遇到小孩的父母。

「小妹妹，妳到底是在哪裡跟父母走散的？」我忍不住再問一次。

「嗚嗚……紅包沒了……全被可怕的人搶走了……」

我和歌真都愣了一下。原來不是不小心掉了，是被強搶的嗎！

壞人看到獨自迷路的孩子，身上掛著這種明顯用來放紅包的小包包，於是動手去搶，的確有可能。這樣受到驚嚇的話，也難怪會一直哭到現在了。

可惡，居然搶劫小孩！

「妳認得搶妳紅包的壞人長什麼樣嗎？」我連忙追問。

「嗚嗚……好凶好可怕……」

「好凶好可怕，會不會是那個人？」歌真指著迎面而來的男人。

在這寒冷的大年初一裡，穿著跆拳道服，敞開胸肌，赤著腳還留著光頭造型在路上跑的男人，確實一臉凶狠恐怖的模樣，不過……

「請等一等！是你拿了這孩子的紅包嗎？」

我來不及阻止，歌真已經大聲叫住對方。

「不不不，肯定不是這個人，我們再往別處——」

「嗯？這不是杜振邦同學和馬歌真同學嗎？」

太遲了，男人已經跑到我們面前停住。

「李老師新年快樂。」我連忙堆起笑容。

歌真好像還沒見過柿子李in跆拳道服模式，難怪她一時半刻認不出來。

「咦咦？原來是李老師！」歌真果然大吃一驚。「沒想到，原來是李老師拿了小孩的紅包！」

我和柿子李一起發出了「什麼？」的聲音。

「什麼紅包？」

「就是這位小妹妹的紅包啊！你快點還給人家啦！」歌真雙手插腰，鼓起臉頰認真地說。

「不是的，歌真同學，雖然柿子李是個變態，但不是個會強搶小孩紅包的那種變態。」

「怎麼我好像聽到一些似乎在幫我開脫但又同時在罵我的話……」

「你看看他腳上的泥，他剛才應該是沿著河邊的泥路跑來。但我們的小妹妹鞋上沒有泥，他們應該沒有遇到過才對。」

「是這樣嗎？真可惜呢。」歌真低頭看看兩人的腳，又抬頭望著柿子李。「好吧，為了證明李老師你不是犯人，請發紅包給我們！」

這到底是什麼邏輯……算了，反正我也想要紅包。

「發、發紅包？」恐怖的跆拳道教練突然變回平常的柿子李，氣勢一下子全消，甚至乏力地半跪下來。「沒辦法……為師沒辦法發紅包……」

小女孩聽了哭得更厲害了。

「老師你看你！這孩子哭得多麼傷心，你到底做了什麼啊？」歌真心疼地俯身抱著小女孩。

「我不能發紅包！因為我、因為我——」禿頭大叔悲憤大叫：「我還是個母胎單身啊！」

「……」

「……」

「……」連哭鬧不止的小女孩也安靜了數秒。

其實你說自己未婚就夠了，額外資訊我是不太想知道。

我帶著溫暖同情的目光，輕拍他的肩，安慰他說：「老師，成熟的大人，就跟經驗豐富的選手一樣，總是有備而戰。即使條件受到限制，也不會讓孩子失望啊。老師是成熟的大人，也是經驗豐富的選手，我可以信任你吧？」

「……」他熱淚盈眶地看著我，一定是感動到說不出話來。

三人份紅包入手。

看著柿子李沮喪地離去，我再次追問小女孩，搶走她紅包的人還有什麼特徵。

「妳不要害怕，哥哥我一定會替妳討回紅包的！告訴我犯人有什麼特徵吧！」

「嗚嗚……真的嗎？你真的會替我討回來嗎？」

我用力點頭。就算我不是成熟的大人，偵探就是不能讓孩子失望啊。

「很凶……嗓、嗓門很大……」

正說著，附近就突然傳來異常的恐怖叫罵聲。

「似乎是從那邊傳來的。」歌真急忙拉著小女孩走過去。

彷彿在叫罵什麼、含糊不清的大聲呼喝，連耳膜都感到痛楚。當我們走近那個聲音的來源，才終於勉強辨別出內容。

「血一首（喝！）減單的割～～讓妳的心情（喝！）怪樂～～艾情就像（喝！）一跳河～～難免會碰到（喝！）破節（喝！喝！）……」

這不就是柿子李的愛徒，我們班的跆拳高手鄭柏軍同學？

「嗯，是你們兩人啊？新年快樂，沒想到今天會碰上同學。」他抱著吉他朝我們揮手。

「剛才，你那是……該不會是，在唱歌……吧？」我冒著冷汗，難得用不肯定的聲音詢問。

「哈哈，怪不好意思的，你們覺得如何？唱得還可以吧？」

……如果是作為開戰前的戰吼的話應該是挺有效果的。

「你們看，我只不過是想練習一下，剛剛就有這麼多人丟紅包到吉他盒裡給我耶！唉，搞不好我除了跆拳道之外還滿有歌唱天賦的？」

有的紅包上好像寫著「求你別再唱了」、「拜托去別處唱」等等字眼，你除了聽覺難道連視覺都壞了嗎？

不過，既然他靠音波武器就能令人交出紅包，實在也沒必要去搶小孩的紅包了。犯人應該不是他。

「柏軍同學，莫非你要參加電視台的『全民歌星』真人秀比賽？」

歌真一臉充滿期待。真人秀比賽勉強也算是一種電視劇？嗯。

「不，我是為了美慧。」柏軍掃了一下吉他的弦。「新年之後馬上就到情人節了！左思右想，都不知道買什麼禮物給美慧才好。幸好阿龍提醒我心意比物質更容易感動女孩子，所以我決定，為她獻上我充滿感情的歌聲！」

「我認為你最好盡快打消這個念頭……」不然下次你女友在小熊餅乾裡面放的就可能是真的毒藥了。

「為什麼？」

「呃，這首歌選得不太妥當……而且啊，我覺得送女生一般還是鮮花巧克力之類比較安全。」信我，我是為你好。

「這首不行嗎……果然還是應該選英文情歌才比較有格調？」他認真思考。

「麥菲兔子項鍊。」歌真突然說。

「可是我很少看到她戴項鍊啊。」柏軍皺眉。

「前陣子我和她一起逛街，她看了很久說很喜歡呢。」

「這就對了，還有什麼比閨蜜的情報更可靠？柏軍同學，比起不知道有沒有勝算的奇招，還是穩紮穩打、實而不華的招數更可靠啊！」

柏軍倏地放下吉他站起來。很好，社區回復安寧了。

他離開後，我回頭朝小女孩確認：「總之，搶走妳紅包的不是剛才那位哥哥對吧？」

小女孩搖了搖頭。

「犯人除了很凶很恐怖、嗓門大之外，還有什麼特徵呢？是男是女？」

「是、是……女……」

前方傳來女性的尖叫。

我們急忙跑過去，只見一位女生正被強盜逼得貼著牆壁走頭無路。

「交出來！給我！」

「我、我是絕對不會交出來的！」受害者緊抱著購物袋大叫。

「妳這傢伙……快交給我！」

好凶好恐怖、嗓門大、女性。這個現行犯完全符合我們要找的特徵。

「芊芊，妳這是在做什麼啊？」

就算是認識的人，但只要是罪犯，我也會親手阻止！我連忙走上前想要解救那名女生，但芊芊朝我怒吼了一聲，就像是隻不會讓出到嘴肉塊的老虎一樣牢牢守住獵物。

「別插手！這跟你們無關！」她回頭轉向那位女生。「別裝了，我知道就在妳手上，快交出來！我可以多出一倍的價錢！」

「我是絕對不會讓出來的！」

「三倍！」

「再多也不給！」

「妳根本用不了那麼多！」

「那是失敗後重做的備用品！」

「妳們到底在爭什麼？」歌真好奇地插話，突然緊張起來。「難不成是今天最後一份章魚燒？」

「巧克力模具啊！」芊芊和女生異口同聲叫喊。

巧克力嗎……看來大家都沒把新年放在眼裡，果然還是隨之而來的情人節比較重要吧。青春啊。

「最後兩組的情人節心型巧克力模具，妳居然，膽敢在我面前搶先結帳買走！讓一組給我！我多出四倍的價錢！」

「不行！今年我也是容不得半點失誤，為免再發生把模具放進烤箱融化的悲劇，我才不會把備用品讓給妳呢！」

「好自私的女人……妳能明白單戀的感受嗎？妳們這些有男友的！」

「芊芊啊，妳這是何苦……」還是放棄吧。妳想送的對象剛剛還差點為了女友害全社區一起失聰。不過，介入別人的三角戀情是危險的，我最後決定保持沉默。

那位緊抱購物袋的女生趁著芊芊跟我們說話分心時，逃跑了。

「都怪你們啦！」芊芊怒吼一聲，轉身追上去。

眼裡只有情人節沒有新年的田徑女將，不可能有空去搶小孩的紅包。

好凶好恐怖、嗓門大、女性。咦？莫非……

「啊！我的寶貝女兒！」

震耳欲聾的聲音從身後響起。回頭一看，只見一位虎背熊腰的女性站在我們的身後。

「妳跑到哪去了！嚇死媽媽了！」

「嗚哇哇哇～～我的紅包～～」

「媽媽只是替妳存起來啦，妳長大了就會還給妳。來，回家去吧。」

我和歌真只能默默目送小女孩被搶走她紅包的犯人帶走。抱歉，偵探也有無能為力的時候。

「那個，其實我買了全自動章魚燒機，要不要一起去超商買材料試試自己弄呢？可能沒有專門店的好吃，不過值得試試吧？」我嘆氣。

「振邦同學！你果然……」

歌真感動得倒抽了一口氣。

「果然也是章魚燒愛好者！我就知道！」

「哈哈。」我苦笑。

於是我們就朝超商走去。嗯，怎麼我好像忘了什麼重要的事沒做？

算了，還是章魚燒比較重要吧。

「原來如此，在過去也曾引發過那麼多事件啊……」

我一邊滑著手機一邊喃喃自語，現在我在手機上閱讀的這本「電子書」是歌真不知道從哪裡替我下載的。她說那個來自一個非常遙遠的圖書館，我猜那個遙遠起碼也是在太陽系之外的意思。

所以我也沒有問為什麼這本書會變成我能閱讀的語言了。對可以扭曲現實的「神」來說這種事應該是輕易而舉——沒錯，原來世界上還真的有人把那些怪物當作神明來崇拜。雖然以我目前所得的資訊，那些東西算不算是神明我不知道，但肯定是很厲害的外星生物。

與歌真部分同化的怪物，只是其中之一，原來還有其他同樣無以名狀、超乎人類想像的怪物。一想到這點就覺得莫名胃痛……因為每當一個偵探涉足前人未開發的範圍，那麼往後幾乎所有那個範圍發生的案件都會自動找上你。例如我的表哥自從捲入機關大宅案件後，不管跑到世界上哪個國家都會被迫留宿在有著奇怪機關的建築物裡。我的姑母姑丈因為解決了第一起東洋靈異奇案後，就一直被相關案件追著跑。這簡直猶如某種家族詛咒。

所以，很可能接下來我還會遇到更多跟怪物相關的案件，最好還是先趁現在未出現時就先了解多一些，有備無患。

「振邦同學，不要一直在那看書啦，也陪歌真看看電視劇嘛。」

歌真戳了戳我，她正坐在電視機前面看電視劇。

我現在在她家中，可說是孤男寡女共處一室，但我已經沒有第一次來訪的那種尷尬感了。雖然，穿著奶黃色小鴨子圖案便服、光著一雙腿盤坐的歌真真的很可愛，可愛到爆炸……但當天被觸手纏繞的恐怖記憶還深印腦海。擔心我會對她有什麼非分之想，還不如擔心我可能會是被生吞活剝（字面意義）的那一個比較好。

「那……可以請妳先選一台嗎？」

我無奈地問。因為歌真的視聽室有十幾二十台電視機，每個螢幕都在放不同的影片，更別說聲音全都混在一起，其實我一個字都聽不出來。

記得那個怪物的觸手上布滿許多類似眼睛的器官，所以我可以合理假設歌真真的可以同一時間接收那麼多不同的訊息，說實話挺令人羨慕的。但我是區區人類實在沒辦法。

「那就《The Flying Dead》第四十季吧！」歌真一拍手，所有電視都關閉了就剩下我們面前的大電視還有畫面。「要是你不清楚前面的劇情，我可以濃縮成三分鐘的記憶放入你大腦哦。」

「不不不不用了，咳，我相信我可以一邊看一邊反推回去，畢竟我是偵探。接著看就好啦。」

歌真瞪大眼看著我，糟了難道她不喜歡我拒絕她的「好意」？

「那我們來比賽推理劇情吧！」她開心地拉了拉我的袖子。「輸的人要請吃章魚燒！」

「當然沒問題。」我暗自鬆了一口氣。歌真現在這樣稍微撒嬌的樣子實在可愛到犯規。

「是說這部電視劇居然能演到第四十季也真厲害。」明明梗都重覆又重覆，演員都換三、四代了。

「因為太好看了嘛，歌真都不捨得它結——」說到一半歌真突然心虛地摀上嘴巴。

是這樣啊，因為想看下去所以用了扭曲現實的能力讓它一直續拍。我好像不小心破解了某個影視圈的不解之謎。

看見歌真好像很害怕我會罵她的眼神，我伸手摸了摸她的頭。

「以前沒人陪妳看，現在有我陪妳看新劇集，不需要再那麼做了。」

在她孤獨熬過那幾十年的時光裡，想必長壽劇集的角色變成了就像親友般的存在，她才會捨不得完結吧。

歌真用大大的笑容回應我，輕輕……不，是用力地抓住我的手腕，像生怕我離開似的。看到她這個樣子，誰還會介意她是不是怪物呢？

手機剛好傳來提示聲。

「我叫的外送到門口了，我去拿一下。」

歌真的房子被一大片變成野林的私人花園包圍，隱密度很高。我覺得這是因為歌真除了耐不住寂寞跑去上學之外，她其實有意讓自己跟怪物一起與世隔絕。在我穿過野林往花園外大門跑去的時侯，忽然想到這點有點心疼。

「也太久了吧！我還有其他客人在等啊！」

「抱歉抱歉。」

我連忙打開大門，從外送員手上接過食物——同時快步退後避開匕首。

「可惡！」

與我差不多高的外送員掉下了印著食物狸貓標誌的帽子，散下一頭長髮，原來是個女孩子。但我還來不及確認她的面貌，因為她拿著匕首持續向我攻擊！

而且她都瞄準我的要害，喂喂，要是被捅中胸口可不只是心疼的程度啊！

幸好，身為杜比家的偵探，為了與邪惡的壞人周旋到底必須學會各種防身技術。但就在我打算使出改良版智慧眼鏡死光對付刺客的時候，竟踩到後方的樹根一下失了重心——

「去死吧！」對方沒有錯失良機撲上前來。

眼前是匕首的寒光以及一張俏麗的少女臉孔，想不到是位跟我差不多年紀的美少女。難道我將命喪於此？

少女的動作硬生生停住，她的雙手被不知道從哪裡出現的觸手纏住束縛，動彈不得。定神一看，花園裡的樹木全都變成了堆疊滿縐紋的黑色肉塊，地面上的植物也變成一團團奇形怪狀長著爪子和不明器官的肉瘤，噁心地蠕動著。一般人光是看見這光景也會發瘋——

「放、放開……啊～這真是……哈嘶～哈嘶～」

憤怒的少女在掙扎下居然莫名地興奮臉紅起來，這反應實在太出乎我意料之外，連帶也讓我冷靜下來了。

「嗯嗯，果然是有害蟲跑進來了呢。振邦同學沒事吧？」

歌真的聲音連同詭異的蠕動聲突然出現在我身後，可是當她走到我身邊時，蠕動的聲音也消失了，我回頭看見的是人形的歌真，不禁鬆了一口氣。

等等，還是不對勁，面無表情的歌真，眼睛變成了宇宙深淵般的黑洞，害我不得不立即轉移視線。

「妳是誰？為什麼想要殺我？」我只好轉頭問那個刺客，看她的反應顯然知道歌真的事。

「放開我！妳這個哈斯塔的提線木偶！」刺客少女憤恨地瞪著我和歌真。「像妳這……啊嗚～啊～不～好癢哈哈哈～」

纏著少女的一條觸手從她身上撈出了一個項鍊。

「果然是受到那傢伙的保護嘛。難道妳就是那些崇拜他的深海魚之一？」

「誰是深海魚！妳才是湖底章魚！」

在少女與歌真對罵的時候，我的大腦總算運轉過來。說到深海的話，我記得那本書裡有提過地球海底下有一支不為人知的異形種族，崇拜著另一隻來自外星的怪物，而那怪物與歌真所同化的怪物，是死敵。從少女對歌真的敵意來看，大概沒猜錯了。

「妳是克蘇魯的使者？為什麼要殺我？」

「那位大大大大人的使者？我嗎？我算是嗎？」少女突然難為情起來，似乎很開心。「是啊原來我這樣也算是那位大人的使者了，哈哈哈……咳，但就算如此，我還是不會放過你的！」

「振邦同學不用跟馬上就會變成柴魚片的鰹魚說話哦，我們回去看電視劇吧。」四周的觸手蠕動起來。

「等等等等！問清楚凶手動機很重要，不然可能還會有其他人來襲！」我連忙想出理由阻止歌真，她現在似乎非常生氣，什麼事都做得出來。

刺客的臉刷白了一下，聽到我的追問救了她一命，顯得有點兩難。

「喂，妳既然知道妳眼前的少女是什麼來歷，應該知道自己的處境很不妙吧？」我試著威嚇她。「跟我們談談吧，也許有暴力以外的解決方法——」

「哼，我才不會怕她呢！區區人偶而已，怎麼可以跟我們那位偉大的大人相比！總之，我不會讓你們繼續這樣噁心地卿卿我我自顧自地開心下去！都給我去死啦！」

歌真那雙恐怖的黑洞眼睛，眨了眨一下子恢復正常變回平常水汪汪的大眼睛。

「所以，是那傢伙看不順眼我交到男朋友了嗎？」

「那位大人才不會在意這種小事！是我看不順眼！你、你這種區區人類，怎麼可以、怎麼可以……有這等好事！」

這到底……難不成她信仰的邪教，是宇宙級的去死去死團嗎？我實在搞不懂她的動機。

「走著瞧，我一定會想辦法拆散你們！」刺客少女凶惡地大聲宣告。

「歌真討厭魚人。妳是魚人，所以歌真討厭妳——」

咦？難得是符合邏輯的三段論？

「討厭妳這種會變成彈塗魚彈跳回去太平洋的電燈泡！」

這是什麼硬加的結論啦！

結果我還是來不及阻止憤怒的歌真動用破壞邏輯三段論的能力，眼前的少女在一聲慘叫後，身體瞬間變化，竟變成了一條彈塗魚。觸手一放開她，她就啪嗒啪嗒地朝出口彈跳過去。

「彈塗魚不是深海魚啊妳有沒有常識啊混帳——！」一邊這樣憤怒地叫喊著一邊遠去。

四周的景物像幻覺般突然恢復正常，變回正常的樹林了。

「對不起，但是看到她想要傷害振邦同學，歌真實在太生氣了。」歌真垂下頭沮喪地道歉：「對不起……」

畢竟她是為了我的安危而生氣，如果剛才她沒動用怪物的力量，我已經被殺了。想要責怪她也沒有立場。

「不過放心吧，這種程度的扭曲她應該可以解除。她應該是那傢伙的祭司之類的，以東洋的說法就是那傢伙的巫女吧，總之本來也不算是人類，不會造成問題的啦。」

雖然這大概不會導致世界末日，但一條人類那麼大的彈塗魚在街上跳動，還是會引起什麼問題吧。

看歌真連名字都不提只說「那傢伙」，恐怕雙方關係真的很差。對方一定不會善罷干休，以後這種怪事還是會陸續發生吧。

可不可以只是來點連續殺人密室消失什麼的普通案件啊？我可是偵探，要對付外星怪物實在太強人所難了。

「總之下次不要再這麼做了。」

我嘆了口氣，拍了拍歌真的頭，然後打開外送的盒子。沒想到刺客還真的有把章魚燒送到。

「耶！章魚燒！」

歌真開心地抓住我的袖子，這個笑容，確實可以令人失去理性呢。

（番外篇完）

後記

當「KadoKado 角角者」的編輯找上我的時候，我剛好已經接了兩份推理小說的稿約，而且稿期完美重疊。以我貧乏的腦袋，要怎麼再擠出一篇推理故事來呢？而且還是連載啊！連載！

但是，我對「KadoKado 角角者」這個平台的理（ㄍㄠˇ）念（ㄈㄟˋ）實在很感興趣，也很感謝負責人的邀請，於是就有點心虛地問：

「那個，我可以寫有推理元素但不是推理小說的小說嗎？」

「可以啊！」

對方居然如此爽快答應，於是我擅自認為是「咦？看來這是我可以亂來了吧？」的訊號，隨即定出了很輕小說風的標題——因為回信的時候正好在看《敦威治恐怖事件》，也剛好非常餓很想吃章魚燒（？），加上微推理的元素，《推理什麼的不重要啦你要吃章魚燒嗎》這個句子蹦地在腦海跳出來，就這麼決定了。

嗯……搞不好這是大腦自動把「推理什麼的不重要啦章魚要吃你了啦」句子重組的後果。

所以這是一部先有故事名字，再來想故事的小說。不過一如慣例，這類靈機一閃的故事通常都自帶角色，男女主角的印象也是隨後就自己冒出來了。

這個故事推理的成分不多，但跟推理有關的東西卻塞了不少。除了男女主角的名字偷偷向經典致敬外，其他的梗只要有看推理小說應該都會知道的，希望能帶給大家一點推理以外的小樂趣。畢竟我在寫的時候，就是希望寫一部大家讀起來不費氣力而且愉快的故事，對我自己也是一種療癒。

我要特別感謝「KadoKado 角角者」的編輯以及封面繪師，當我提出封面加圖層製造雙封面的想法時，很清楚這會給他們增加麻煩和工作量，所以不敢抱太大期望。沒想到真的答應了我這種請求還真的做出來了，實在很感動。

讀者到底能不能接受結局篇裡無以名狀的部分呢？這是我一直擔心的事情，也因此遲遲不敢答應寫續篇。所以如果大家能留下一點感想的話，我會很感激的。

寫後記的時候剛好是 Johnny Depp 大審訊結束之時，我想歌真這個電影迷應該會非常願意帶著全世界的羊駝去請他再度出演傑克船長吧。被迫長生不死的少女因為長期目睹人類的戰爭而瘋狂，最後被電影電視這些人類的想像故事所拯救。我希望「KadoKado 角角者」上的故事，也可以成為大家在亂世中的一點安慰。

當然，可以配著美味的章魚燒一起享用就更好了。

2022年6月6日　夜透紫

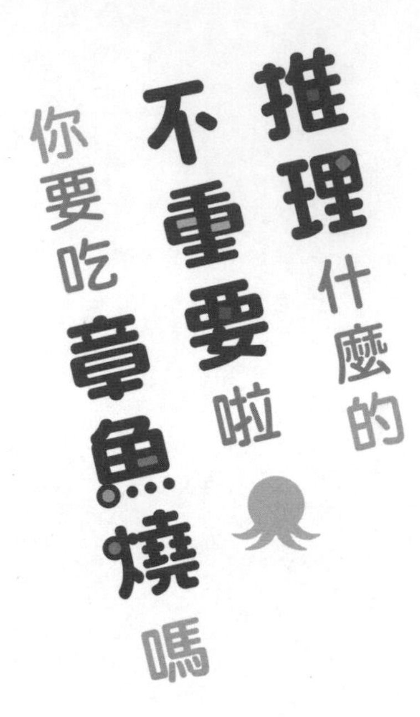

作　者　夜透紫
插　畫　ALOKI

2023年2月23日　初版第1刷發行

發 行 人｜岩崎剛人
總　　監｜呂慧君
編　　輯｜陳育婷
美術設計｜邱靖婷
印　　務｜李明修（主任）、張加恩（主任）、張凱棋

台灣角川

發 行 所｜台灣角川股份有限公司
地　　址｜104台北市中山區松江路223號3樓
電　　話｜(02)2515-3000
傳　　真｜(02)2515-0033
網　　址｜www.kadokawa.com.tw
劃撥帳戶｜台灣角川股份有限公司
劃撥帳號｜19487412
法律顧問｜有澤法律事務所
製　　版｜尚騰印刷事業有限公司
I S B N｜978-626-352-320-3

國家圖書館出版品預行編目資料

推理什麼的不重要啦你要吃章魚燒嗎 / 夜透紫作 .
-- 初版 . -- 臺北市 : 臺灣角川股份有限公司 ,
2023.02　面 ;　公分

ISBN 978-626-352-320-3(平裝)

857.7　　111022164